mos

Diretor Editorial
Christiano Menezes

Diretor Comercial
Chico de Assis

Diretor de Novos Negócios
Marcel Souto Maior

Diretor de MKT e Operações
Mike Ribera

Diretora de Estratégia Editorial
Raquel Moritz

Gerente Comercial
Fernando Madeira

Coordenadora de Supply Chain
Janaina Ferreira

Gerente de Marca
Arthur Moraes

Gerente Editorial
Marcia Heloisa

Editores
Bruno Dorigatti
Nilsen Silva

Capa e Proj. Gráfico
Retina 78

Coordenador de Arte
Eldon Oliveira

Coordenador de Diagramação
Sergio Chaves

Designer Assistente
Lilian Mitsunaga

Finalização
Sandro Tagliamento

Preparação
Carol Amaral

Revisão
Francylene Silva
Iriz Medeiros
Retina Conteúdo

Impressão e Acabamento
Leograf

DADOS INTERNACIONAIS DE CATALOGAÇÃO NA PUBLICAÇÃO (CIP)
Jéssica de Oliveira Molinari - CRB-8/9852

Huygen, Wil
Gnomos / Wil Huygen ; tradução Débora Isidoro ; ilustrações de Rien Poortvliet. —Rio de Janeiro : DarkSide Books, 2023.
224 p. : il., color.

ISBN: 978-65-5598-295-4
Título original: Leven en werken van de kabouter

1. Literatura holandesa 2. Literatura fantástica
I. Título II. Isidoro, Débora III.Poortvliet, Rien

23-3999 CDD 839.3

Índice para catálogo sistemático:
1. Literatura holandesa

Rua General Roca, 935/504 — Tijuca
20521-071 — Rio de Janeiro — RJ — Brasil
www.darksidebooks.com

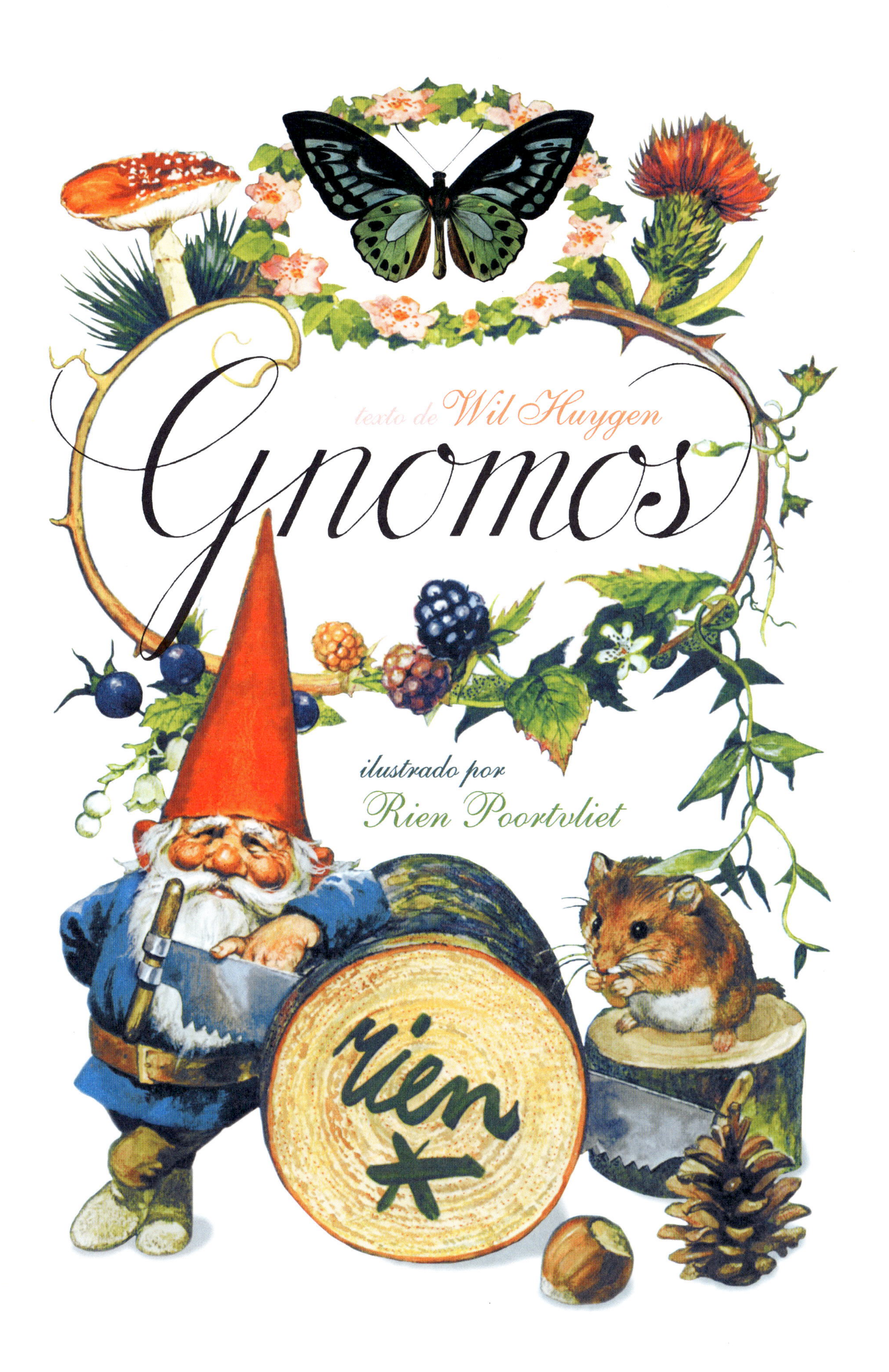
texto de Wil Huygen
Gnomos
ilustrado por
Rien Poortvliet
rien

"Para o meu espanto, ouvi
dizer que existem pessoas
que nunca viram um gnomo.
Não posso deixar de ter
pena delas. Estou certo de
que deve haver algum
problema com sua visão."

Axel Munthe

Gnomos
texto de
Wil Huygen
ilustrado por
Rien Poortvliet

Rien

Depois de vinte anos de observação, sentimos que chegou a hora de registrar nossas experiências e descobertas — com a devida autorização, é claro, de um conselho de gnomos. Os pequeninos levaram cinco anos *inteiros* para tomarem essa decisão.

Acreditamos que este livro preenche uma lacuna deplorável: a literatura publicada sobre gnomos é praticamente inexistente. Uma das principais fontes de informação tem sido o robusto tratado de Wilhelm J. Wunderlich, *De Hominibus Parvissimis* (*Sobre as Pessoas Pequeninas*), publicado em 1580. A obra contém vários detalhes chocantes, mas, de forma lamentável, de tanto o autor confundir gnomos com anões e personagens dúbios de contos de fada, deixa de ser confiável.

Tristemente, gnomos são seres quase esquecidos. Como trabalham à noite nas florestas e, às vezes, em moradias humanas, não é apenas coincidência a palavra gnomo derivar de *Kuba-Walda*, que significa "administrador doméstico" ou "espírito doméstico" no alemão antigo. Em áreas rurais, esses gestores do lar muitas vezes moram nas vigas dos celeiros, de onde, se forem bem tratados, vigiam a criação e as plantações. Outra variante de seu nome é traduzida como "pôr em ordem" ou "fazer serviços variados" — com ou sem avental.

Nos primórdios, os gnomos eram aceitos pela sociedade europeia, em especial, a russa e a siberiana, sendo regularmente avistados. Pessoas em todas as esferas da vida eram recompensadas ou punidas, ajudadas ou prejudicadas por eles, dependendo das suas atitudes — algo considerado bem normal. Era um tempo de águas limpas e florestas virgens, quando as estradas tranquilas levavam de um assentamento a outro; no céu, havia apenas pássaros e estrelas.

Com tantas mudanças, os gnomos foram forçados a se retirar para recantos onde se mantêm bem escondidos — tão ocultos que, de fato, acredita-se que estão desaparecendo. No entanto, da mesma forma que, com olhos desatentos, você não pode enxergar uma lebre no campo ou um cervo na floresta, é isso que acontece com os gnomos: pode não vê-los, mas que eles estão lá, estão, sim!

Agora que estamos tão preocupados em salvar o que resta dos tesouros da natureza, há esperança de que os gnomos comecem a se movimentar mais livremente. Mais e mais pessoas estão percebendo que têm, na Natureza, uma mãe negligenciada, mas complacente e sábia. Sem dúvida, essas pessoas encontrarão gnomos em algum momento. Dedicamos este livro a elas, na esperança de que não temam esses encontros e de que eles lhes tragam contentamento.

Quando pressionados a responder algumas de nossas perguntas, os gnomos consultados para este livro foram extremamente reservados, resultando em algumas deficiências e imperfeições em nosso trabalho. Portanto, valiosos dados suplementares de leitores bem-informados serão muito bem-vindos, e incluídos (com crédito às fontes) em edições subsequentes.

Embora o gnomo da floresta seja o foco deste volume, outros tipos também são abordados. Gnomos são, é claro, criaturas do crepúsculo e da noite, e por isso tivemos que conduzir nossas investigações em total ou quase total escuridão. Se fôssemos completamente fiéis às nossas observações, muitas ilustrações neste livro seriam pintadas de azul ou cinza. Para superar essa dificuldade e oferecer um retrato preciso da vida desses seres, as ilustrações são coloridas como se tivessem sido observados em plena luz do dia.

Rien Poortvliet

Wil Huygen

1976

A Origem dos Gnomos

Por volta de 1200 EC, o sueco Frederik Ugarph encontrou uma estátua de madeira bem conservada na casa de um pescador em Nidaros (atual Trondheim), Noruega. A escultura tinha 15 cm, sem contar o pedestal. Nela, havia as seguintes palavras entalhadas:

NISSE
Riktig Størrelse

que significam “Gnomo, altura real”.

A estátua pertencia à família do pescador desde que todos conseguiam se lembrar — Ugarph conseguiu comprá-la somente após uns bons dias de negociação. Hoje faz parte da coleção da família Oliv em Uppsala. Testes de raio-X comprovaram que a estátua tem mais de 2 mil anos. Provavelmente foi entalhada nas raízes de uma árvore que não é mais conhecida — a madeira é incrivelmente dura — e as letras gravadas muitos séculos depois. A descoberta da estátua e a data atestam o que os próprios gnomos contam: suas origens são escandinavas.

Somente após as Grandes Migrações, em 395 EC, os gnomos aparecem nas Terras Baixas — provavelmente em 449, quando o posto avançado romano da Bretanha foi dominado pelos anglo-saxões e jutos. Algumas evidências disso vêm da declaração de um sargento romano aposentado, Publius Octavus, dono de uma vila e de uma fazenda nas florestas no entorno de Lugdunum (atual Leiden, na Holanda). O oficial não voltou à Roma por ter se casado com uma mulher da região. Foi pura sorte sua propriedade não ter sido destruída pelos bárbaros.

a estátua de Uppsala

Em 470 EC, Publius Octavus escreveu a seguinte descrição:

“Hoje vi uma pessoa pequeninissima com meus próprios olhos. Usava chapéu vermelho e camisa azul. Tinha barba branca e vestia calça verde. Disse que vivia nessas terras há vinte anos. Falava nosso idioma, misturado com algumas palavras estranhas. Desde então, conversei muito com o homenzinho. Ele disse que é descendente de uma raça chamada Kuwalden, uma palavra desconhecida por nós, e que existiam poucos de sua espécie no mundo. Gostava de beber leite, e, em diversas vezes, eu o vi curar animais doentes nos campos."

Foram tempos caóticos até 500 EC, e, embora não haja informações exatas, provavelmente depois de o rei Odoacer ter se livrado do último governante do Império Romano do Ocidente, os gnomos se estabeleceram na Europa, Rússia e Sibéria. Na verdade, eles não se interessam por escrever a história, ou, pelo menos, não demonstram isso, mas existem rumores de que mantêm alguns registros secretos.

No livro de 1580, Wunderlich menciona que, em seu tempo, os gnomos mantiveram uma sociedade sem classes por mais de mil anos. Com exceção do rei escolhido por eles, não havia gnomos ricos, pobres, inferiores ou superiores. Talvez por isso tenham usado as Grandes Migrações para recomeçar do zero. Tudo isso parece plausível, até ele mencionar um mapa (hoje perdido) do palácio de um rei gnomo e das minas adjacentes, que, ao que parece, eram mantidas por gnomos escravizados, que às vezes se revoltavam.

Usando nossas escassas informações como guia, concluímos que, de forma gradual, os gnomos buscaram mais contato com os povos humanos com os quais viviam, e que foram completamente integrados à nossa sociedade cerca de cinquenta a cem anos antes do reinado de Carlos Magno (768-814).

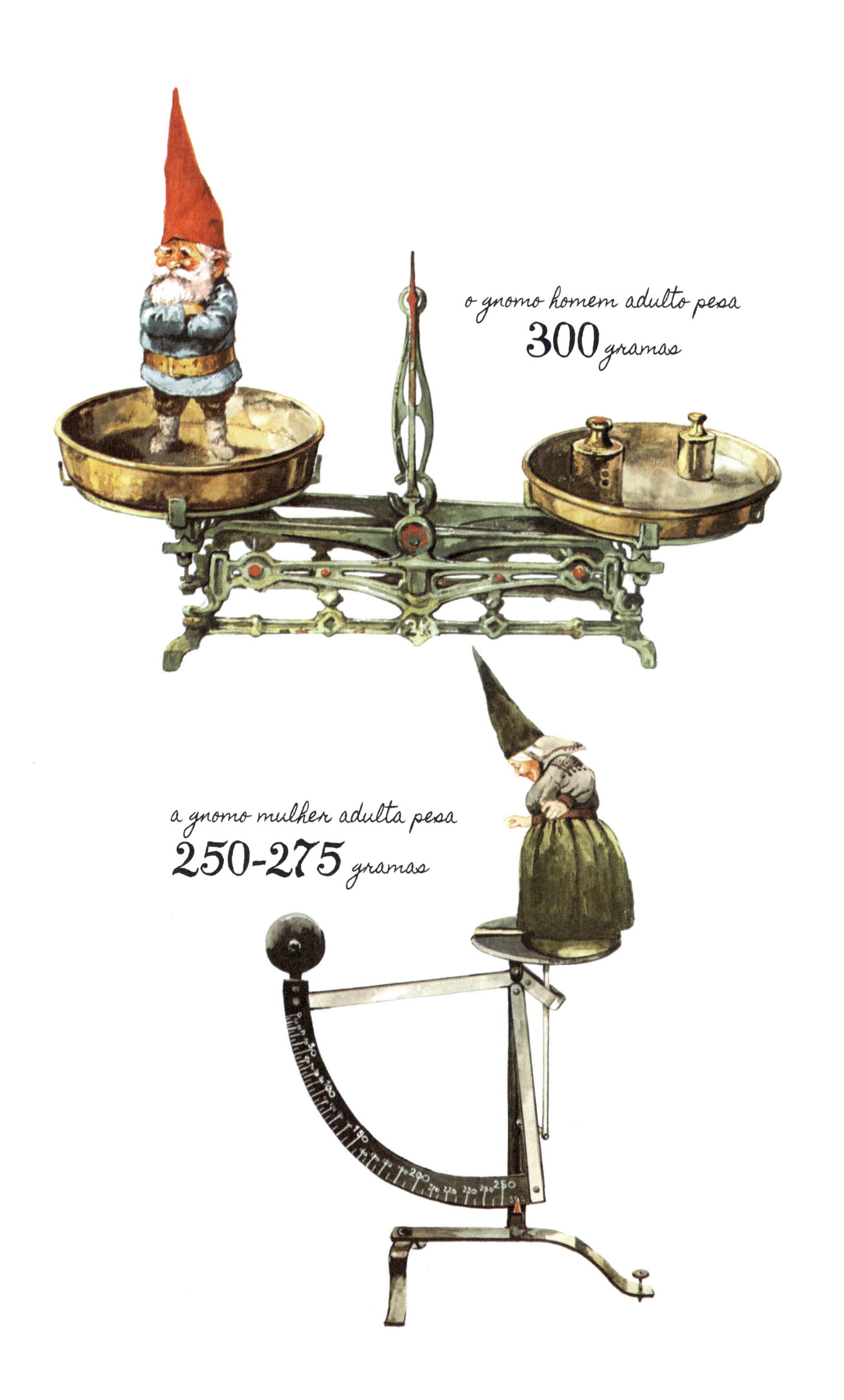

o gnomo homem adulto pesa
300 *gramas*

a gnomo mulher adulta pesa
250-275 *gramas*

A Geografia dos Gnomos

O mapa acima mostra os inúmeros locais onde há relatos da existência de gnomos na Holanda. A dificuldade para determinar onde eles realmente vivem é por conta da falta de avistamentos ou encontros confirmados, que precisam ter sido testemunhados por dois observadores — mesmo critério usado na observação de pássaros. Portanto, mesmo que se tenha acumulado considerável evidência, nada disso é reportado neste livro. Ainda assim, pode-se supor que os anões holandeses adotaram as mesmas roupas, estilo de vida e comportamento de seus parentes do restante do continente europeu.

Dispersão na Europa

Fronteira Ocidental: Costa Irlandesa.
Fronteira Oriental: Interior da Sibéria.
Fronteira ao Norte: Noruega, Suécia, Finlândia, Rússia e Sibéria.
Fronteira ao Sul: Em uma linha desde a costa da Bélgica pela Suíça, Bálcãs, Mar Negro Superior, Cáucaso, Sibéria. (Isso tem a ver com os dias mais curtos e as noites mais longas de inverno que ocorrem nas terras ao norte dessa linha.)

Nomes para gnomos em vários idiomas

Irlandês	Gnome	**Polonês**	Gnom
Inglês	Gnome	**Finlandês**	Tonttu
Flamengo	Kleinmanneken	**Russo**	Domovoi Djèdoesjka
Holandês	Kabouter	**Servo-croata**	Kippec; Patuljak
Alemanha	Heinzelmännchen	**Búlgaro**	Djudjè
Norueguês	Tomte ou Nisse	**Tcheco**	Skritek
Sueco	Tomtebisse ou Nisse	**Húngaro**	Manó
Dinamarquês	Nisse	**Português**	Gnomo

GNOMO DA FLORESTA
275 anos
no auge da vida
altura real
(sem chapéu)
15 cm
A cara feia é porque está posando à luz clara do dia...
Bolsa de ferramentas presa ao cinto.
Os pés levemente voltados para dentro para correr em alta velocidade sobre grama, folhas secas etc.

VOVÓ GNOMO *346 anos*

(aos 350 anos ou mais, a pequenina começa a exibir alguns fios de barba)

Aparência dos Gnomos

Existem gnomos de ambos os sexos. No entanto, entramos em contato apenas com os gnomos homens, já que as mulheres quase sempre ficam em casa.

O GNOMO HOMEM

usa um chapéu vermelho de ponta. Tem uma barba cheia, que se torna grisalha antes do cabelo.

Veste um bata azul *)
sem colarinho, geralmente coberta pela barba.

Em torno da cintura,

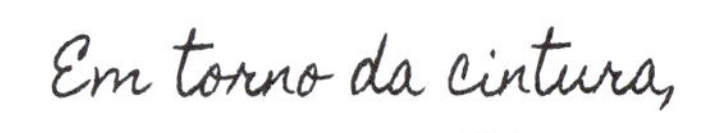

usa um cinto de couro com a bolsa de ferramentas que contém faca, martelo, broca, lixas etc.

Em seguida, a calça marrom-esverdeada e calçados

botas de feltro

sapatos de casca de bétula

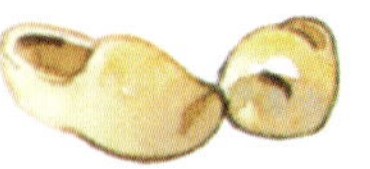

ou tamancos de madeira,

dependendo da região onde mora.

A rima engraçada e enigmática da ópera *Hänsel und Gretel* —

> *Ein Männlein steht im Walde ganz still und stumm;*
> *Es hat von lauter Purper ein Mäntlein um.*
> *Sagt, wer mag das Männlein sein... das da steht auf einem Bein...*
>
> (Um homem está parado na floresta, quieto e sozinho;
> Seu avental é roxo e com linha roxa costurado.
> Por favor, diga: quem é esse homenzinho...
> que fica sobre uma perna só...)

— não parece em nada com gnomos, tem a ver, na verdade, com um cogumelo, muito provavelmente o Amanita muscaria. A confusão costuma derivar da crença popular não comprovada de que gnomos, em tempos de perigo, podem se transformar em cogumelos.

A coloração facial é clara, mas com bochechas vermelhas, especialmente em idade avançada. O nariz é reto ou levemente arrebitado. Os olhos geralmente são cinzentos; as poucas variações se devem aos cruzamentos com Trolls em tempos primitivos.

Os olhos são cercados de muitas rugas, principalmente **linhas de riso**, o que não altera em nada o fato de todos eles poderem, de repente, olhar de maneira <u>séria e penetrante</u>. Gnomos não focam muito a presença material daqueles diante de si; em vez disso, penetram no verdadeiro eu e olham o cenário interior com tanta minúcia que não sobram segredos.

Cumprimentos, despedidas e boa-noite são manifestados esfregando o nariz um no outro.

É pouco provável, mas dizem que isso permite um olhar mais profundo nos olhos um do outro. Deve ser só um gesto amigável e, de qualquer maneira, gnomos não têm segredos entre eles. Na verdade, só precisam olhar para alguém de longe para saberem imediatamente o que está acontecendo no interior daquela pessoa.

O vestuário notável do gnomo serve para protegê-lo
de aves de rapina ao crepúsculo e à noite.
Como os demais animais, as aves são suas amigas,
mas, não fosse pelo chapéu, poderiam confundir um gnomo
que se move depressa com um rato grande.

O que comprova que pássaros conseguem, sim, enxergar cores,
fato do qual os biólogos seguem duvidando.

Por outro lado, suas roupas
coloridas podem ser uma
desvantagem quando encontram as
criaturas que consideram as mais
irritantes: martas, gatos, cobras,
doninhas, arminhos e vespas!

Mesmo assim, o gnomo
não se importa muito com
essas criaturas irritantes;
é mais inteligente que elas.

Quando quer, o gnomo é extremamente veloz. Mesmo em longas jornadas, poderia deixar para trás as criaturas mais predadoras e rápidas com facilidade — exceto, talvez, a vespa. Mas ela só pica durante o dia e o gnomo costuma estar em casa a essa hora. Quando um gnomo tem uma missão diurna a cumprir, primeiro esfrega o corpo todo com o suco da noz-vómica (*nux vomica*). Uma pequena dose desse líquido nocivo causa propensão — como é de se imaginar — ao vômito em todos que o inalam (exceto o próprio gnomo); e, portanto, desencoraja ataques do inseto.

AS PEGADAS DOS GNOMOS

As pegadas deixadas por um gnomo são muito distintivas — se você conseguir encontrá-las! Para não deixar rastro ao andar, um gnomo utiliza pedrinhas, pedaços de musgo e pinhas; ao pisar neles, em vez de no solo nu, não deixa marca alguma. Às vezes caminha em círculo ou volta sobre a própria trilha; também pode andar por entre as árvores para despistar. Se tem certeza de que está sendo seguido, quase sempre desaparece em uma passagem subterrânea.

Quando é forçado a andar em solo nu, o gnomo usa um desenho de pegada de ave gravada em relevo na sola de suas botas. Com esse ardil, ele disfarça suas jornadas. Mesmo assim, às vezes se delatam traindo a própria vaidade: se você encontrar uma folha de bétula no chão com uma gota transparente de muco no meio dela, pode ter certeza de que um gnomo acabou de passar por ali e exercitou sua habilidade de cuspe ao alvo. O pequenino não consegue resistir, tem que provar sua pontaria.

A roupa mencionada é usada no verão e no inverno sem um casaco, pois o gnomo se adapta bem a todos os tipos de clima. No máximo, usa um **colete** *extra ou* **ceroulas** *compridas em tempos de frio extremo.*

A MULHER GNOMO

Garota de 96 anos (ainda tímida!)

Veste roupas cinza ou cáqui. Até se casar, ela usa um chapéu verde com as tranças à mostra.

mulher aos 316 anos

Depois do casamento, seu cabelo desaparece embaixo de um lenço e sob um chapéu mais escuro.

Embora a mulher gnomo tenha seios substanciais, a menor gravidade (graças à sua altura) permite que ela viva, felizmente, sem incomodar-se com sutiãs.

blusa

meias 3/4 cinza-chumbo

Principalmente por conta da cor cinza das roupas, a mulher gnomo se sente mais segura dentro de casa; ao confundi-las com pequenos animais da floresta, antes de perceber que atacarão uma amiga, corujas poderiam facilmente causar ferimentos profundos com suas garras.

Uma vantagem das roupas é que os humanos têm dificuldades para avistar mulheres gnomos, já que os vestidos se camuflam bem à paisagem. Quando uma delas é capturada, muitas vezes desarma quem a capturou se passando por um gambá até ser libertada.

O Chapéu

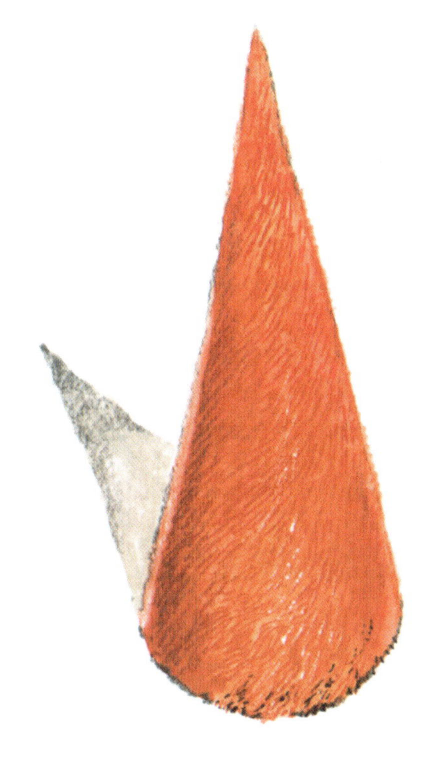

O acessório é feito de feltro, muito sólido desde a base até o topo da cabeça (ver recorte do desenho, à esquerda). O gnomo nunca o tira, exceto no escuro antes de ir para a cama e, é bem provável (embora não tenhamos visto isso pessoalmente), quando toma banho. É de conhecimento geral que um gnomo sem chapéu não é um gnomo.

Alguns estudiosos do folclore afirmam que a peça tem o poder de tornar o gnomo invisível, mas, se for verdade, essa não é sua função principal. Em vez disso, é uma cobertura indispensável para a cabeça, além de uma proteção contra golpes inesperados que vêm de cima — como ramos partidos, bolotas ou granizo —, e ataques de animais de rapina. O mais interessante é que, assim como um lagarto se desfaz da cauda para poder escapar, o gnomo também cede o chapéu para um eventual gato ladrão.

O gnomo revela sua individualidade tanto com o chapéu quanto com o formato do nariz. Uma criança gnomo ganha um chapéu ainda bem pequena e o conserva ao longo da vida. Como raramente é tirada, a peça sofre desgaste considerável e tem muitos rasgos — novas camadas de feltro são acrescentadas de tempos em tempos, com grande cuidado, na parte externa. Esse trabalho é feito em intervalos de alguns anos com a ajuda de uma forma moldada no formato exato da cabeça do gnomo.

← corte transversal

Gnomo trabalhando na forma de seu **chapéu**, *um trabalho que ele odeia!*

É um trabalho bem tedioso, mas ele prefere ficar sem a calça do que sem seu chapéu. (Perceba que ele cobre a cabeça nua com um pano enquanto está sem chapéu.)

Fisiologia do Gnomo

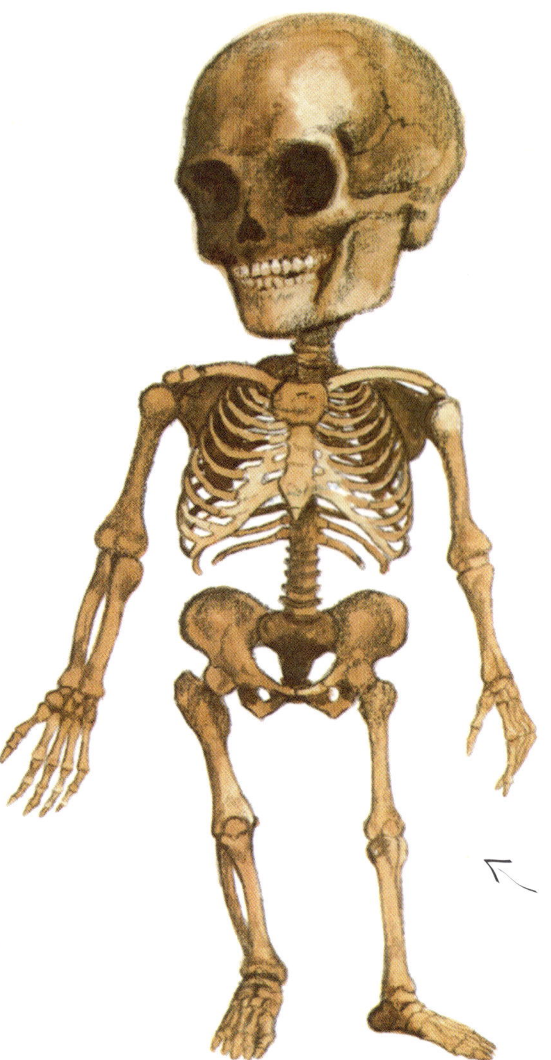

Esqueleto

Esqueleto
Sistema muscular
Sistema circulatório
Sistema cerebral e nervoso
Sistema digestivo
Sistema de rins e bexiga
Sistema respiratório
Tecido conjuntivo
Pele + Cabelo
Sangue
Sentidos
Sistema hormonal
Órgãos sexuais

O crânio é proporcionalmente maior que o de um humano. Oito pares de costelas, quatro costelas flutuantes (os humanos têm sete e cinco, respectivamente). Braços mais longos, pernas mais curtas, ossos e arco do pé extrafortes.

A natureza parece considerar necessário produzir muitas de suas criações em dois tamanhos: cavalo e pônei; veado e corça; rato e camundongo; lebre e coelho; ganso e pato. Da mesma forma, temos humano e gnomo; no entanto, a diferença entre os tamanhos é tão extrema que a semelhança é ainda mais chocante. A seguir, uma descrição das (sutis) diferenças na constituição física entre o homem e o gnomo:

Sistema Muscular

Do maior para o menor, o volume e, portanto, o peso de um objeto diminui na razão do cubo de sua dimensão linear, e a superfície da área só na razão do quadrado. Para os não versados: até um gnomo gordo se move com mais facilidade que um homem (pense em uma mosca e um elefante). Assim, falando em termos relativos, gnomos podem correr muito mais, pular mais alto, e são sete vezes mais fortes.

Os músculos das pernas dos pequeninos têm um feixe muscular a mais. Além disso, o gnomo tem dois tipos de músculos: vermelho e branco. O branco é para desempenho de curta distância; permite o acúmulo de dióxido de carbono extra, que mais tarde é descarregado pela respiração ofegante. Os músculos vermelhos são responsáveis pelo trabalho de resistência.

gnomo com as orelhas empinadas →

sete vezes mais forte que um homem...

Sistema circulatório
Coração relativamente grande (como ocorre com um atleta, um cavalo de corrida etc.).

Vasos sanguíneos largos e de boa qualidade (não há estatísticas de infartos).

Mais circulação de sangue que no homem (adaptação ao frio, poder de resistência etc.).

Endurecimento das artérias conhecido apenas depois dos 400 anos de vida.

Sistema de rins e bexiga
Urina pode ser contida por um dia inteiro.

Sistema cerebral e nervoso
Capacidade cerebral maior que a humana.

Sistema digestivo
Comprimento total dos intestinos maior (gnomos não comem carne). Fígado mais robusto, vesícula menor. Não se tem notícias de pedras na vesícula.

Sistema respiratório
Pulmões relativamente grandes e profundos (poder de resistência, alta velocidade em corridas).

Tecido conjuntivo, pele e cabelo
Tecido conjuntivo extremamente rígido e duro. Cabelo se torna grisalho muito cedo. Calvície desconhecida.

Sentidos

VISÃO
Córnea, lentes, íris, retina (contém bastonetes e cones).

Mácula contém oito milhões de cones; o homem tem apenas uns poucos, portanto tem visão limitada no escuro. O gnomo, no entanto, tem uma alta concentração de bastonetes na mácula, como a coruja, o que permite visão aguçada no escuro. Além disso, a pupila extremamente flexível permite absorção máxima de luz.

OLFATO
Membrana mucosa encontrada em todas as cavidades nasais, o que explica o nariz grande.

A transmissão de cheiro ao cérebro ocorre da mesma forma que a do cachorro e da raposa.

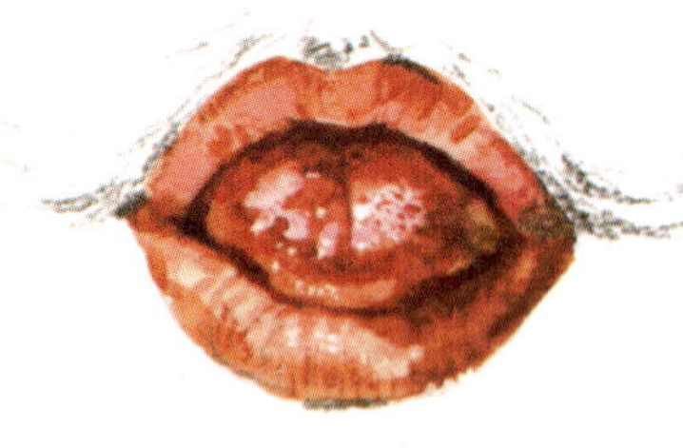

PALADAR
Como nos humanos, apenas quatro qualidades são percebidas: doce, azedo, salgado, amargo. O restante é “saboreado” pela membrana mucosa no nariz.

AUDIÇÃO
Canal auditivo externo curto e largo.

Aurícula relativamente grande e pode ser apontada em qualquer direção e girada.

Não é surdo.

A transmissão dos sons para o cérebro acontece com maior capacidade elétrica.

TATO
Ponta dos dedos tão sensível quanto a de uma pessoa cega. De maneira geral, digitais têm um padrão circular.

O Mundo do Olfato

Como os animais, o gnomo "enxerga" grande parte do mundo pelo nariz. Mesmo que ficasse cego e surdo, ele ainda seria capaz de reconhecer onde está e saber o que está acontecendo à sua volta na floresta: um cheiro familiar orienta cada passo seu.

O homem não tem mais esse dom — mesmo que resquícios ainda retornem em uma brisa de primavera, no perfume das flores, no cheiro de antigos vilarejos agrícolas, ou em um repentino aroma do mar que, de alguma forma, nos lembra de uma juventude feliz ou de dias passados. As pessoas da cidade usam o nariz apenas para registrar cheiros mais contundentes, como o de fumaça, perfume, comida, aromas de cozinha, odores corporais etc.

Contudo, na anatomia do gnomo, o nariz também serve para "provar" sabores. Com exceção do doce, azedo, salgado e amargo, sentidos pelas papilas gustativas, outros sabores orais são transportados via membrana mucosa do nariz pela garganta e pelas cavidades nasais para posterior discriminação (ver *Fisiologia: Paladar*).

Para a maioria dos animais (inclusive peixes e insetos), o nariz é tão importante quanto olhos e ouvidos, se não mais. O olfato aguçado dos gnomos é usado para: procurar comida (hienas alcançam odores até 10 km) e julgar seu valor (o cachorro tem um "nariz" extra atrás dos dentes); o sexo (borboletas até 11 km); reconhecer amigo ou inimigo; reencontrar os próprios rastros; e se orientar em território desconhecido. Resumindo, o nariz fornece informações contínuas à maioria das criaturas — coisa que os humanos não têm. Nossa membrana mucosa não é mais suficientemente poderosa, dado que ela se encontra no alto da cavidade nasal e cobre apenas 5 cm². Para se ter uma ideia, a de um pastor alemão abrange 150 cm² e a de um gnomo, 60 cm². Ou, transformado em números de células sensoriais olfativas:

Humano: 5 milhões
Dachshund: 125 milhões
Fox Terrier: 147 milhões
Pastor Alemão: 220 milhões
Gnomo: 95 milhões

O gnomo, portanto, pode ter um olfato 19 vezes melhor que o dos humanos. A medição com um olfatômetro, no entanto, revela que o nariz dele é cem mil vezes superior por conta da qualidade das células sensoriais — como ocorre com a raposa, o veado e o cachorro.

Sabemos que sentir o cheiro de alguma coisa é o que acontece quando o nariz inala uma quantidade de moléculas liberadas por uma substância em particular. Por exemplo, pegadas têm um odor causado por ácido butírico, uma substância de cheiro forte liberada pela sola do pé (também na axila e na pele). Pode atravessar com facilidade um sapato de couro — mesmo depois de 48 horas, um calçado de borracha ainda está saturado de odor. A cada passo dado, alguns milhões de moléculas de ácido butírico atravessam a sola do sapato o suficiente para serem imediatamente identificadas por um animal e/ou um gnomo. Além disso, as pequenas criaturas sabem se o cheiro vem da esquerda para a direita ou vice-versa. Se rumam para a direção errada, em segundos eles tomam consciência de que as moléculas de ácido butírico diminuíram (por evaporação), tomando o caminho correto.

Um bom nariz pode registrar um número ilimitado de cheiros; de fato, pode captar o aroma de qualquer coisa na terra. Para citar algumas que têm a ver com o gnomo: ele pode farejar os tipos de árvores, ervas, gramas, arbustos, musgos; todos os animais rastejantes, voadores, de sangue quente ou frio; pedras, água, metal; e acima de tudo, é claro, todas as atividades relacionadas aos humanos.

Apenas um observador atento consegue ver a corça nessa paisagem, mas não identifica outros sinais de animais. Pelo menos não um humano. Mas, para alguém com um bom olfato, há todo tipo de coisas a serem descobertas! (Ver página seguinte.)

Vamos "olhar" esta cena pelo nariz de um gnomo a caminho de casa ao raiar do dia. Da mesma forma que conseguimos ver esse caminho de pontinhos na floresta em uma manhã de neve fresca, o pequenino é capaz de perceber (mesmo na completa escuridão) o que passou por cima e em torno de si. Estas são suas observações:

Entre meia-noite e 1h30, um texugo andou por ali (linha pontilhada verde).

Por volta das 3h, uma raposa mãe seguiu o caminho, desviando o curso vez ou outra para farejar o entorno (linha pontilhada vermelha).

Mais ou menos às 4h, uma segunda raposa apareceu — um macho jovem procurando fêmeas (linha pontilhada vermelha curva).

Às 4h30 um javali voltou depois de pastar (linha pontilhada azul).

Coelhos saltaram por ali a noite toda (linhas pontilhadas pretas).

Por volta das 20h15 do dia anterior, dois veados saíram para pastar (linha pontilhada amarela) — e, provavelmente, ainda estão na floresta.

Quinze minutos atrás, uma corça começou seu passeio matinal (linha pontilhada cor de rosa).

Essas são as principais coisas que o gnomo percebe de imediato. Muitos outros detalhes — como a passagem de duas toupeiras, a travessia de uma doninha, o saltitar comum de uma lebre, besouros entrando na terra, a movimentação de camponeses e as atividades gerais de outras criaturas pequenas — certamente chamaram sua atenção.

(É de se imaginar que um resfriado com nariz entupido não tem graça nenhuma para um gnomo.)

com a varinha mágica

PERCEPÇÃO EXTRASSENSORIAL

Comunicação não verbal em grandes distâncias (fogo, terremoto, inundação).

Previsão do tempo (trovão, tempestade, chuva, áreas de alta e baixa pressão); ver *O Gnomo e o Clima*.

Senso de direção (tão bom quanto o de um pombo-correio ou ave migratória). Não usam bússolas. Se porventura um gnomo ganha uma de presente, geralmente a pendura na parede da sala de estar.

SISTEMA HORMONAL E ORGÃOS SEXUAIS

A pesquisa nessa área foi difícil. Na literatura, todos mantêm um silêncio escrupuloso sobre o tema. Sabe-se, no entanto, que, além da adrenalina comum no sangue, os gnomos têm um tipo de *superadrenalina* que determina o alto desempenho em questões relacionadas a força, estamina e impulso sexual. Os órgãos sexuais são semelhantes aos dos humanos somente na forma; contudo, a fêmea ovula só uma vez na vida. Não sabemos exatamente como isso funciona, mas, ao que parece, se tornou a norma por meio de alguma intervenção mágica cerca de 1500 anos atrás. O gnomo homem se mantém potente, mais ou menos, até os 350 anos de idade.

Doenças e Remédios dos Gnomos

Bolsa-de-Pastor

Como são longevos, é de se presumir que os gnomos têm grande pressão arterial, aumentando progressivamente ao longo dos anos.

Esses seres se previnem não só com a redução do uso do sal na dieta, mas também bebendo regularmente chá de bolsa-de-pastor. Dois gramas de erva fresca bolsa-de-pastor em 50 ml de água fervente.

Os homens gnomos não se poupam e são ativos em todo tipo de clima, mas têm uma propensão para **queixas reumáticas**. Sobre a pele, usam arnica nas articulações. Para trato interno, chá de folha seca de urtiga.

Urtiga

Flor de Sabugueiro

Contra gripes, resfriados e infecções das vias bronquiais, tomam chá de flor de sabugueiro.

Para gargarejo usam **Prunela** *Prunella vulgaris*

Para curar diarreia e outros problemas do sistema digestivo: suco de papoula ou ópio extraído por um corte na flor da planta.

Papoula

Chá de camomila ou de semente de endro ajuda contra a insônia.

Camomila

Para prevenir flatulência, bebem chá de semente de erva-doce.

Erva-doce

Alguns pedacinhos da folha do dente-de-leão são muito bons para a prisão de ventre.

Dente-de-leão

Uma folha de centáurea-menor por dia ajuda a prevenir o enrijecimento das artérias.

Centáurea-menor

Para curar depressão e desânimo em geral (o que não é frequente), usam chá de erva-de-São-João ou chá das fibras da noz.

Erva-de-São-João

Para prevenir pedras nos rins, usam um chá extraído da folha de uma bétula jovem.

Folha de bétula

Para o restante, nada.
Não são acometidos por doenças mais sérias.

Ferimentos

Para uma **perna quebrada** massagear a pele com confrei. Depois, imobilizar com galhos serrados de sabugueiro.

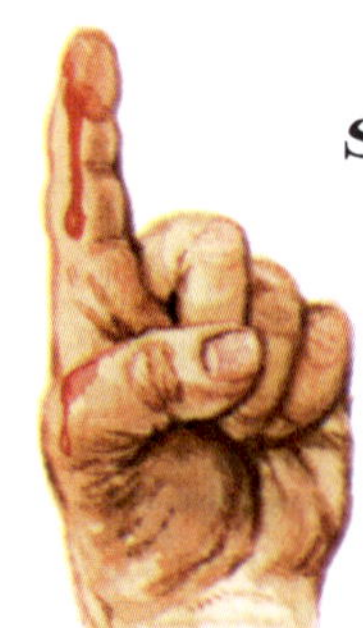

Feridas que sangram muito são estancadas com íris amarelo. Outro bom remédio é **salgueirinha-roxa.**

SUTURAS

Como nós, os gnomos usam uma agulha curva e fio de linho fervido, ambos materiais são ebulidos em óleo. Leite de papoula é pingado no ferimento como anestésico.

QUEIMADURAS

1º **grau:** esfregar óleo;

2º **grau (bolhas):** caldo de casca de carvalho ou bordo sobre o ferimento. (Os gnomos sabem há eras que bandagens passadas e dobradas podem impedir infecções);

3º **grau:** sem registro (nunca ocorreram).

QUEIMADURA COM ÁGUA QUENTE: Tintura de Ranúnculos (*Anemone pratensis, L.*).

Entorses, mau jeito, distensão muscular

Aplicar uma pomada feita de arnica e folhas. Depois, cuidar do mesmo modo que a perna quebrada.

Picadas de insetos

Vinagre de frutas fermentadas. Aplicar tintura de Ledum *(Ledum Palustre).*

Picadas de vespa

(também um inseto, mas vale ensinar.) Colocar torniquete, abrir o ferimento e deixar sangrar.

Picadas de cobra

Colocar torniquete, abrir o ferimento e chupar o veneno.

Caso não dê o resultado desejado ou se ainda houver risco de morte, transportar rapidamente para a corte real dos gnomos é a segunda melhor opção. Lá, um cura-tudo (um semifeiticeiro) tem todos os tipos de antídotos à mão.

Transporte dos Feridos

Se um gnomo homem sofre um ferimento tão grave que não pode se mover, ele pede ajuda a outros gnomos assobiando uma melodia em *staccato* ensinada pelo pai. O sinal especial é usado apenas em emergências — Gnomos nunca gritam "o lobo!". Os que escutam o sinal do ferido correm para ajudá-lo, depois o levam para casa em uma maca feita com duas varetas.

Se a condição do paciente é urgente, é posta em prática a fase "Transporte em casos de emergência". Um gnomo paramédico procura uma fêmea de faisão, assobiando uma melodia especial usada apenas para esse propósito. Enquanto isso, dois outros gnomos tecem uma maca com gravetos finos de bétula. Tempo de confecção? Apenas 10 ou 15 minutos. Duas correias são instaladas nas extremidades da maca; a terceira, que envolve o pescoço da fêmea de faisão, é instalada no meio.

A ave veloz então corre duas vezes mais que o normal para o homem da medicina (meio feiticeiro, meio médico) na corte real mais próxima. Se for necessário, pode voar sobre qualquer corpo d'água ou zonas de perigo em seu caminho.

A expectativa de vida do gnomo *é cerca de* **400** *anos, dado que a espécie leva uma vida saudável. Gnomos não comem muito, têm poucos problemas emocionais e fazem muito exercício.*

Envelhecimento

Naturalmente, até a vida de um gnomo chega ao fim. Depois dos 400 anos, o gnomo homem se torna rapidamente rígido e esquecido, mas outros gnomos mantêm seu respeito. Em algum momento, o velho encolhido desenvolve uma tendência para vagar. A esposa exibe os mesmos sintomas, sendo ela quase da mesma idade. Os cuidados com a casa começam a ser deixados de lado; o lar entra em decadência, ficando sujo e escuro.

Em uma determinada noite, o casal de idosos não volta do passeio. Entende-se que começaram a jornada para a Montanha da Morte (nunca vista por olhos humanos), e, com a certeza da ave migratória — isto é, se não for atacado por animais predadores no caminho —, o casal a encontrará.

A menos que sejam usadas por mais de um gnomo, suas árvores de aniversário começam a exibir galhos mortos no instante que partem desta vida. (Ver *Contagem do Tempo*.)

Vidas mais longas que 400 anos raramente foram registradas, com exceção de um casal nos Bálcãs que viveu 550 anos: por muito tempo receberam os cuidados de gerações de uma família de agricultores, que deixavam uma tigela de iogurte fresco no estábulo para eles todos os dias. Cada um tinha uma oliveira no mar Adriático.

Espécies de Gnomos

Há gnomos da floresta, gnomos das dunas, gnomos de jardim, gnomos domésticos, gnomos de fazenda e gnomos siberianos.

Gnomo da Floresta

O gnomo da floresta é provavelmente o mais comum. Um dado difícil de comprovar, porque esse tipo não aprecia se mostrar para humanos e tem muitas rotas de fuga. Sua aparência física é parecida com a de um gnomo comum.

Gnomo da Duna

O gnomo da duna é um pouco maior que o gnomo da floresta. Também evita contato com seres humanos. Seu vestuário pode ser bem sóbrio. A mulher desse tipo de gnomo usa roupas cáqui.

Gnomo de Jardim

O gnomo de jardim pertence ao tipo geral. Mora em velhos jardins, inclusive aqueles espremidos entre as casas de "modelos" modernos de cidades. Sua natureza é mais soturna, e prefere contar histórias melancólicas. Se começa a se sentir muito enclausurado, vai para a floresta sem cerimônias, mas, como é bem instruído, às vezes se sente deslocado por lá.

Gnomo de Fazenda

O gnomo de fazenda é parecido com o gnomo doméstico, mas tem uma natureza mais constante e é conservador em todos os aspectos.

Gnomo Doméstico

O gnomo doméstico é especial. Parece um gnomo comum, mas tem o maior conhecimento sobre a humanidade. Por morar frequentemente em antigas casas, até mesmo históricas, conheceu o rico e o pobre, e já ouviu muitas coisas. Fala e entende a linguagem humana; os reis gnomos são todos deste tipo. Esses gnomos são bem-humorados, sempre prontos para uma piada ou uma brincadeira; dificilmente são maldosos. Se um gnomo é realmente mau — o que acontece apenas uma vez em um milhão — , é pelos genes resultantes de cruzamento entre grupos diferentes em lugares distantes.

Gnomo Siberiano

O gnomo siberiano foi o mais afetado pelo cruzamento entre grupos. Ele é centímetros maior que o tipo europeu e se associa livremente com os trolls. Em determinadas regiões, não existe sequer um desses gnomos digno de confiança. O gnomo siberiano se vinga até da menor ofensa matando gado, provocando colheitas ruins, secas, frio anormal e assim por diante.

Quanto menos for dito sobre ele, melhor.

De vez em quando, uma família de gnomos vai morar em um moinho.

Contagem do Tempo

Gnomos têm um jeito secreto de marcar o tempo, baseado em oscilações cósmicas. Não é difícil para eles prever longos períodos de seca ou chuva, invernos rigorosos ou amenos. Mas, exceto para essa finalidade, usam nosso método de contagem do tempo mesmo. Alguns usam relógios de prata ou ouro. O relógio cuco pendurado na casa de todo gnomo, por exemplo, é um tradicional presente de casamento, dado ao noivo no dia das núpcias.

Um gnomo conta sua idade acompanhando o crescimento de uma bolota plantada no solo por seus pais bem no dia de seu nascimento. (Um limoeiro plantado no mesmo dia em algum lugar na vizinhança também serve.)

Relógio Cuco

Assim que a árvore atinge o tamanho suficiente para isso, é marcada pelos pais com escrita rúnica. Ao mesmo tempo, uma cópia é entalhada em uma pedra plana ou em uma tábua de argila, então dada ao gnomo na ocasião de seu aniversário de 25 anos; ele a mantém em um lugar secreto pelo resto da vida. Carvalhos muito grandes e antigos podem ter as inscrições rúnicas de mais de um gnomo nascidos no mesmo ano.

Os gnomos visitam sua árvore anualmente na véspera do Solstício de Verão e adicionam uma marca à inscrição rúnica. Às vezes, até moram embaixo dessa árvore para poder verificar a própria idade quando ficam em dúvida.

Os gnomos debocham da superstição humana:

"Quando a árvore é grande e larga, quem a plantou morreu."

Eles ficam muito aborrecidos se sua árvore é cortada, mas, se isso acontece, plantam rapidamente uma nova e continuam contando o tempo nela.

Suas árvores adotadas nunca são atingidas por raios, tempestade ou doença. Elas só começam a decair quando o gnomo morre — a menos, é claro, que seja compartilhada por outros gnomos ainda vivos.

Aniversários não são comemorados. O gnomo reserva um período de várias semanas para festas tranquilas, durante o qual ele reflete sobre o fato de estar um ano mais velho. A pedido de amigos distantes, prolonga essas semanas de aniversário por um tempo indefinido.

Namoro, Casamento e Família

Quando tem cerca de 100 anos, o gnomo homem começa a pensar em casamento; porém, um número reduzido deles permanece solteiro. O jovem gnomo começa então a procurar sua companheira. Para isso, às vezes precisa percorrer grandes distâncias, porque eles não são um povo numeroso e geralmente vivem afastados. Para complicar ainda mais, o número de mulheres solteiras, de mesma idade e que não sejam suas parentes é muito limitado. As mulheres rechonchudas e arredondadas da comunidade são as favoritas. Ao se deparar com uma, o gnomo tenta conquistá-la com todo tipo de pequenos gestos, chamando sua atenção. Depois de pretendente e futuros sogros chegarem a um acordo, eles se casam. Antes de tudo, entretanto, o sogro faz uma rigorosa inspeção na casa do possível futuro genro.

O Casamento

É realizado em uma cerimônia simples (exceto em meio à nobreza).

À meia-noite, sob a árvore de aniversário da noiva e na presença dos pais e amigos próximos de ambos, o jovem casal promete ser eternamente sincero um com o outro.*

* Isso sempre acontece sob uma noite de lua cheia. Se a lua desaparece por trás de uma nuvem, fazendo a escuridão cair sob as comemorações, usam toucas luminosas com uma cauda curta cheia de pirilampos para garantir algumas horas de luz. Essas toucas estão na família há gerações e são usadas apenas nessas ocasiões, já que é um trabalho difícil para os pirilampos.

Depois da cerimônia, a ocasião e a data memorável são gravadas em uma pedra ornamental. O grupo então se dirige à casa do jovem casal, onde a pedra é solenemente murada. (A nova casa foi mobiliada anos antes.)

A viagem de lua de mel é geralmente planejada com muita antecedência. Animais companheiros são requisitados para transporte e segurança. Gansos selvagens, cisnes, cegonhas...

... raposas, lontras
e, na Sibéria, lobos
— todos fazem
sua parte.

O casal em lua de mel passa as noites em troncos de árvores ocos, tocas de coelhos ou ninhos de aves desocupados. Na viagem de volta, visitam o palácio dos nobres gnomos e levam seus respeitos ao rei e à rainha, que gostam de conhecer todos os súditos pelo nome.

Dessa união, costuma nascer um **par de gêmeos**, *de uma a gestação que dura doze meses. Há mais de mil anos, as famílias eram muito maiores, às vezes com dez ou doze filhos, mas, devido a uma certa intervenção sobre a qual os gnomos se recusam a falar, isso mudou.*

Os gêmeos podem ser dois meninos, duas meninas ou um menino e uma menina.

Como não há mortes causadas por doenças, a população de gnomos permanece mais ou menos a mesma — apenas com uma leve tendência à diminuição por conta dos poucos que permanecem solteiros e outros que morrem vítimas de acidente ou animais predadores. Crianças gnomos molham a cama até os 12 anos; os filhos moram com os pais até os cem.

O gnomo pai deixa a criação das filhas com a mãe e limita sua atenção paternal a uma ou outra atividade, como cavalinho sobre seus joelhos, contar histórias, esculpir animais de madeira e brincar junto a ela(s).

Aos 13 anos do filho (ou filhos), o gnomo pai o leva em uma pequena jornada para ensinar muitas coisas que todo gnomo deve saber:

CONHECIMENTO sobre cogumelos e ervas; como distinguir entre plantas comestíveis e venenosas ou entre animais amigáveis e perigosos.

Como aumentar a **velocidade da corrida** (para equiparar a própria à de uma lebre).

Métodos de fuga (em terreno aberto), o chamado "tapa de calcanhar" ou método zigue-zague, e em áreas de floresta o uso de túneis de toupeira, tocas de coelho, cursos d'água subterrâneos etc.

Além disso, o jovem aprende a usar a **varinha mágica** para encontrar água, rastrear tesouros e localizar raios terrestres.

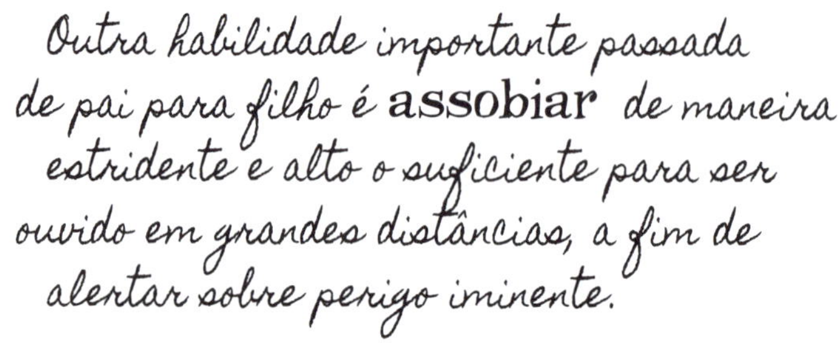

Outra habilidade importante passada de pai para filho é **assobiar** de maneira estridente e alto o suficiente para ser ouvido em grandes distâncias, a fim de alertar sobre perigo iminente.

Os jovens gnomos também são ensinados a usar um espelho de metal para refletir os raios do sol ou da lua para mandar mensagens de luz quando há perigo por perto.

Nas forjas e olarias comunitárias (localizadas em áreas centrais nas florestas e nos campos), o gnomo estudante aprende vários ofícios — a espécie realmente acredita que nunca se pode aprender o suficiente.

Quando tem 75 anos de idade, o filho é apresentado pelo pai ao Conselho Regional, do qual já conhece alguns membros. Essa iniciação, às vezes, degenera em uma espécie de ritual de trote que pode causar a ele algumas noites desconfortáveis, mas depois é recompensado com a inscrição no registro oficial e muito companheirismo de seus pares.

As meninas
são instruídas
pelas mães
e mulheres
da vizinhança
nas artes
domésticas.

Aprendem a cozinhar, fiar,
tricotar e identificar
animais predadores;
em resumo, tudo o que
se deve saber sobre
administrar uma casa.

Um de seus passatempos
favoritos é afagar
e alimentar com
mamadeira os bebês
coelhos da vizinhança,
especialmente se
a mãe foi morta
por caçadores ou
outros animais.

Depois que as crianças saem de casa, o gnomo pai fica novamente sozinho com a esposa — o que, depois de um breve período de readaptação, torna-se bem agradável. A vida em família não precisa ser menos harmoniosa porque os filhos saem de casa. Se há motivo para comemoração, os gnomos de perto e de longe se reúnem para a festa subitamente; fofoca, bebida, comida e dança podem durar dias.

A dança dos gnomos é do tipo iugoslavo: eles se movem em círculos, há muito sapateado e muitas palmas. As mulheres gnomos se enfeitam com flores ou ramos de amoras silvestres.

Roupa especial para bailes:

Belo **bolero** bordado e sapatilhas de "dança típica".

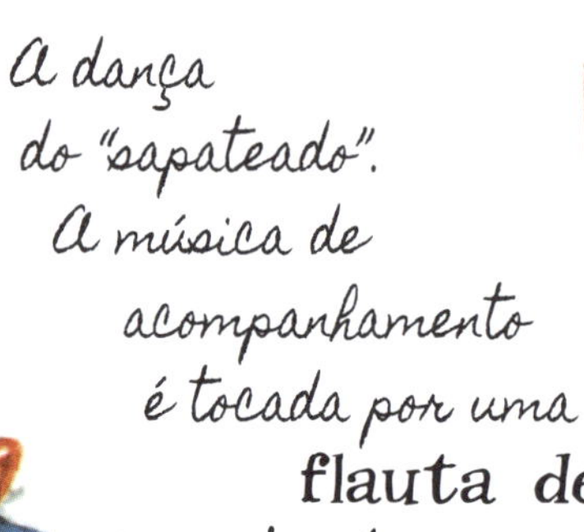

A dança do "sapateado". A música de acompanhamento é tocada por uma **flauta de Pã, instrumentos de corda** (em raras ocasiões, o violino), **flautas** esculpidas em madeira ou ossos ocos de coelho e em um **tambor** de pele de rato. Os pequeninos cantam com a música em uma voz muito suave.

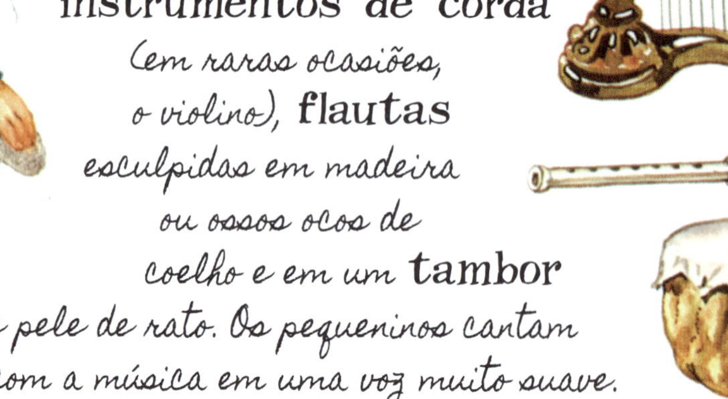

Nas noites quentes de primavera, adoram deixar o tordo começar a cantoria, depois o acompanham com suas **variações sonhadoras e melancólicas**. Mais tarde, quando o tordo e o melro-preto estão dormindo, os gnomos se empolgam com os sons mais altos e metálicos do rouxinol.

Construção de Casas

Dependendo da área onde são construídas, as casas dos gnomos diferem em estilo e localização.

Os gnomos da floresta e de jardim moram sob grandes árvores velhas. Já o gnomo da duna usa buracos de coelhos reformados ou se abriga sob raízes de pinheiros. Se o deslocamento de areia expõe partes de sua casa, ele as cobre com escamas de pinha. Nos primórdios, quando a água do subsolo nas dunas era mais alta, grandes pinheiros produziam pinhas do tamanho de toranjas e suas escamas funcionavam como excelentes telhas. Infelizmente, essas árvores estão à beira da extinção.

O gnomo doméstico pode ter sua residência em um jardim, mas também pode se acomodar entre as paredes de uma casa.

Por sua vez, o gnomo de fazenda pode morar embaixo de um fardo de feno — nesse caso, tem que estar sempre atento para a aproximação de doninhas. Às vezes, reside em um dos galpões de suprimentos de uma fazenda, embaixo de tábuas soltas ou estacas apoiadas nas paredes da casa da fazenda, que, acredite ou não, podem permanecer nessa posição por incontável tempo, devido a negligência humana. De modo geral, por conta do perigo das já mencionadas doninhas, assim como gatos, ratos e demais animais desatentos aos costumeiros amigos, gnomos de fazenda normalmente escolhem uma casinha bem construída, embaixo das telhas ou em algum lugar no estábulo.

A Casa na Árvore

O gnomo começa a construir sua casa cerca de 15 a 20 anos antes do casamento. Primeiro, procura um lugar no jardim ou na floresta onde haja musgo ou líquen da barba vermelha. Isso indica ar limpo, uma vez que essas espécies morreriam em outras condições (com fumaça de escapamento, por exemplo etc.). Usando a varinha mágica, o gnomo confirma que não há raios terrestres na área.

Embaixo da primeira escada, encontramos uma armadilha para doninhas, um alçapão basculante. Como os gnomos e seus visitantes são leves demais para acionar a armadilha, um furão, uma doninha, uma fuinha ou um rato entrando com pressa, imediatamente, cai no alçapão (e é libertado depois de uma boa punição).

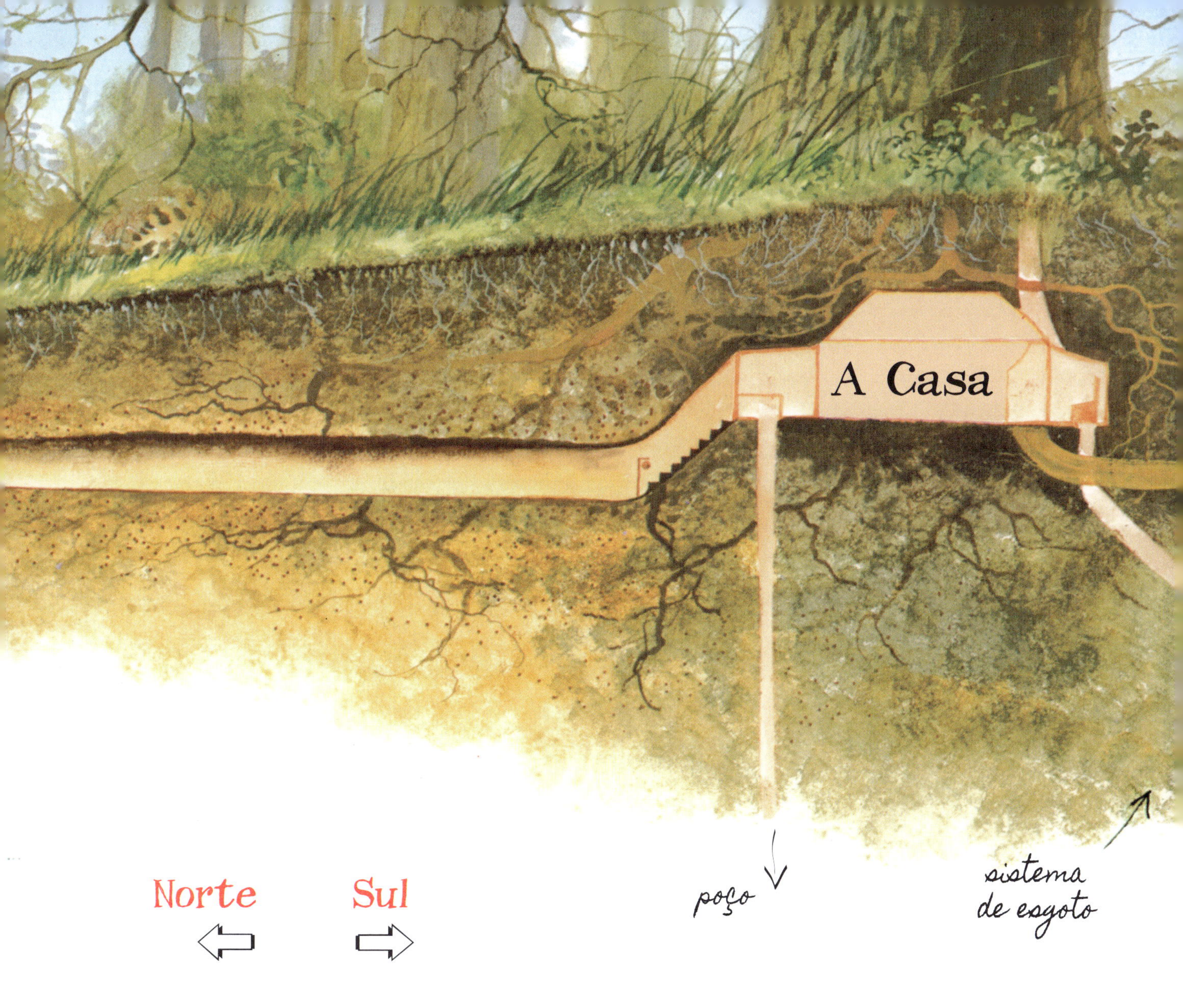

Em seguida, procura dois carvalhos não muito afastados (se for necessário, usa bétulas). Embaixo das raízes de uma das árvores, do lado norte, o gnomo faz uma escada e cava uma entrada escondida. A partir daí, com a ajuda de um coelho (ver mais adiante), cava túneis para formar uma passagem mais ou menos horizontal sob o tronco — essa descida se torna mais íngreme depois de um trecho curto. Por fim, cava o túnel horizontal para a segunda árvore e sobe até onde o coelho abriu um buraco para a casa propriamente dita sob o tronco de árvore (cavada de forma a não danificar a segunda árvore de jeito nenhum).

A principal direção da casa será norte-sul. Onde a passagem sobe, o pequenino constrói uma escada com corrimão. Um gongo e um martelo ficam pendurados perto dali. Um tapete de boas-vindas é colocado ao pé da escada.

A Gongo
B Porta da frente
C Sala de calçados
D Poço com balde
E Gaiola com grilo-vigia
F Baú do enxoval
G Cama de isolamento de pelo de veado
H Sótão de secagem para frutas etc.
A
B
C
D
E
F
G
P
I Chaminé e saída de ar
J Retratos entalhados
K Porta do lavatório
L Dormitório
M Cesto de pinhas
N Banheiro
O Baú de folhas secas

P Decoração de Natal (em cima da mesa o ano todo)
Q Camundongos de estimação
R Área de lazer e hóspedes
S Dormitório de hóspedes
T Alçapão que leva à saída secreta
I
H
J
L
K
N
M
O
R
S
Q
T

A primeira área que o gnomo divide é a

Sala de Calçados

Ele trabalha as tábuas das paredes para que fiquem completamente retas e lisas; depois impermeabiliza o chão. Em seguida, isola o teto e as paredes com pelo de veado, lã e fibra de musgo, unidos com folhas duras de grama. As tábuas então podem ser pregadas às paredes. O chão é feito de barro batido ou tábuas. (Nem é necessário dizer que, nesse segundo caso, o próprio gnomo as serra dos troncos de árvore. Tem anos e anos para fazer isso.)

A Sala de Estar

Depois do hall de entrada (ou, para os gnomos, a sala de calçados), temos a sala de estar, por onde se acessa os três quartos da casa: um para os pais, outro para os dois filhos e o terceiro para hóspedes. Um canto é reservado para a cozinha; há espaços para o banheiro, a lareira, a área de lazer e para outro banheiro, mais espaçoso. Essa enorme área social também é aplanada e bem isolada com lã, pelo e fibra; paredes e assoalhos são cobertos de tábuas e vigas. A ajuda do pai para essa tarefa é uma tradição indispensável.

As toupeiras, enquanto boas amigas dos gnomos, também participam da construção: geralmente uma cava um buraco vertical com metros de profundidade, embaixo do futuro banheiro. O interessante é que, se folhas secas são jogadas no buraco depois de cada uso, o esgoto não precisa ser removido, e, com o tempo, acaba produzindo nutrição para a árvore. Antigamente, a parede do túnel vertical era forrada com ramos trançados para impedir desabamento; atualmente, são usados trechos de canos redondos de barro cozido.

Em um canto da sala de calçados, a toupeira também cava um túnel vertical. Esse poço vai se conectar com uma fonte de água pura do subsolo ou um riacho subterrâneo. O gnomo então constrói um muro de pedra em torno da abertura do poço. É comum eles misturarem barro, cinzas e excremento de vaca para rejuntar as pedras, mas, caso necessitem de cimento, trocam o material com os humanos por uma coisa ou outra. As paredes do túnel são revestidas com trechos de canos de argila para impedir desabamento e poluição. Essa demanda de túneis subterrâneos é uma das ocupações que mais consome o tempo do gnomo construtor.

Depois de anos de trabalho paciente, constante e habilidoso, quando a casa está pronta — tem esta aparência, começando sob a segunda árvore:

No alto da segunda escada, encontramos uma porta frontal pesada, lindamente entalhada, que se abre para a sala de calçados. A folha da porta é composta de uma grade de ferro igualmente encantadora contra a qual é anexada uma porta interna — deixada sempre aberta para o ar correr pela casa. Essa corrente é produzida pelo vento do lado de fora do túnel ou pela sucção da lareira.

Em outro canto da sala de calçados, encontramos o poço com um balde e uma polia. Junto da parede há mais baldes e uma banheira. Várias panelas e garrafas ficam sobre uma mesa de trabalho, onde, pendurada acima dela, fica a gaiola do grilo-vigia; o pequeno inseto tem audição aguçada e anuncia qualquer criatura que se aproxime pela passagem externa. Os gnomos normalmente encontram os grilos alojados em fendas entre pedras de velhas chaminés. Cuidam bem deles e os alimentam com abundantes refeições.

O presente de casamento da noiva — o baú do enxoval — é colocado no outro canto da sala de calçados. O baú tem os pés baixos e é belamente entalhado e pintado. Quando vão embora, os visitantes recebem presentes que estavam guardados nele. Podem ser coisas naturais, implementos úteis ou textos sobre os quais refletir, como uma frase antiga, um poema ou um provérbio profundo que pode levar um tempo para ser compreendido.

Baú do Enxoval

Uma segunda porta, na frente da porta frontal, leva à

Sala de Estar 

Ao entrar, vemos uma mesa retangular à direita. De um lado dela, tem uma cadeira de canto encostada na parede; do outro, ficam as cadeiras do pai e da mãe — as crianças ficam em pé à mesa. Uma peça central de Natal permanece sobre o tampo durante o ano todo.

Mais à direita, temos a área de lazer, onde também fica o quarto de hóspedes — grande o bastante para acomodar dois deles. O alçapão embutido no chão se liga a uma passagem subterrânea. Na área de lazer ou embaixo da mesa, tem uma cesta para a família de camundongos que mantém a casa livre de insetos e pragas.*

O gnomo mantém de três a quatro camundongos. São mansos e domesticados como o cachorro dos humanos. Os pequenos são divertidos companheiros de brincadeiras para as crianças gnomo; quando crescem, são libertados e substituídos por outros. Por conta dos bons cuidados que recebem, são companheiros dóceis. É uma pena que tenham uma vida tão curta.

* O rato vermelho do campo (*Rhabdomys pumilio*) tem de 9 a 13,5 cm de comprimento. Já sua cauda tem de 4 a 6 cm (80 aros). As costas têm um tom marrom-avermelhado, a barriga é branca. Os pés também são brancos. A cabeça é curta e achatada; olhos e orelhas grandes. Excelente escavador e alpinista. Todos os anos, a fêmea tem de dois a oito filhotes, que abrem os olhos depois de dez dias. A gestação dura de 17 a 18 dias. A expectativa de vida é de dois a três anos.

Rato Vermelho do Campo

Para pegar pequenas e irritantes moscas subterrâneas, os gnomos mantêm uma planta carnívora (*Pinguicula vulgaris*). Como esperado, os insetos ficam presos em suas folhas grudentas.

Além da área de lazer, fica a porta do banheiro. Também belíssima — às vezes incrustada com pedras preciosas —, mas o confortável "trono" dentro do cômodo é o que faz os olhos brilharem. Não há economia de trabalho ou recursos na escultura e pintura. O gnomo não tem pressa quando usa esse recinto e, enquanto está lá, ocupa-se com trabalhos manuais. O papel higiênico, feito com a ajuda da vespa-do-papel, fica pendurado ao lado do "trono". Próximo a ele, há um pote alto de pedra cheio de folhas secas para serem jogadas no buraco depois do uso.

Vaso Sanitário

O Grande Fogão

De volta à sala de estar, encontramos uma pilha bem arrumada de lenha, usada como combustível. Em um cesto alto, tem pinhas perfumadas para "renovar" o ar. O gnomo é muito habilidoso para acender o fogo; em geral, usa mecha de fungo seco, que cresce em bétulas. Com a fricção entre duas pedras, produz as fagulhas necessárias.

Depois, temos a grande chaminé pintada com cores alegres, voltada para o norte, e, embaixo dela, está o fogão, usado para cozinhar e gerar calor. Colheres, atiçadores, cachimbos e castiçais ficam pendurados nas paredes da chaminé.

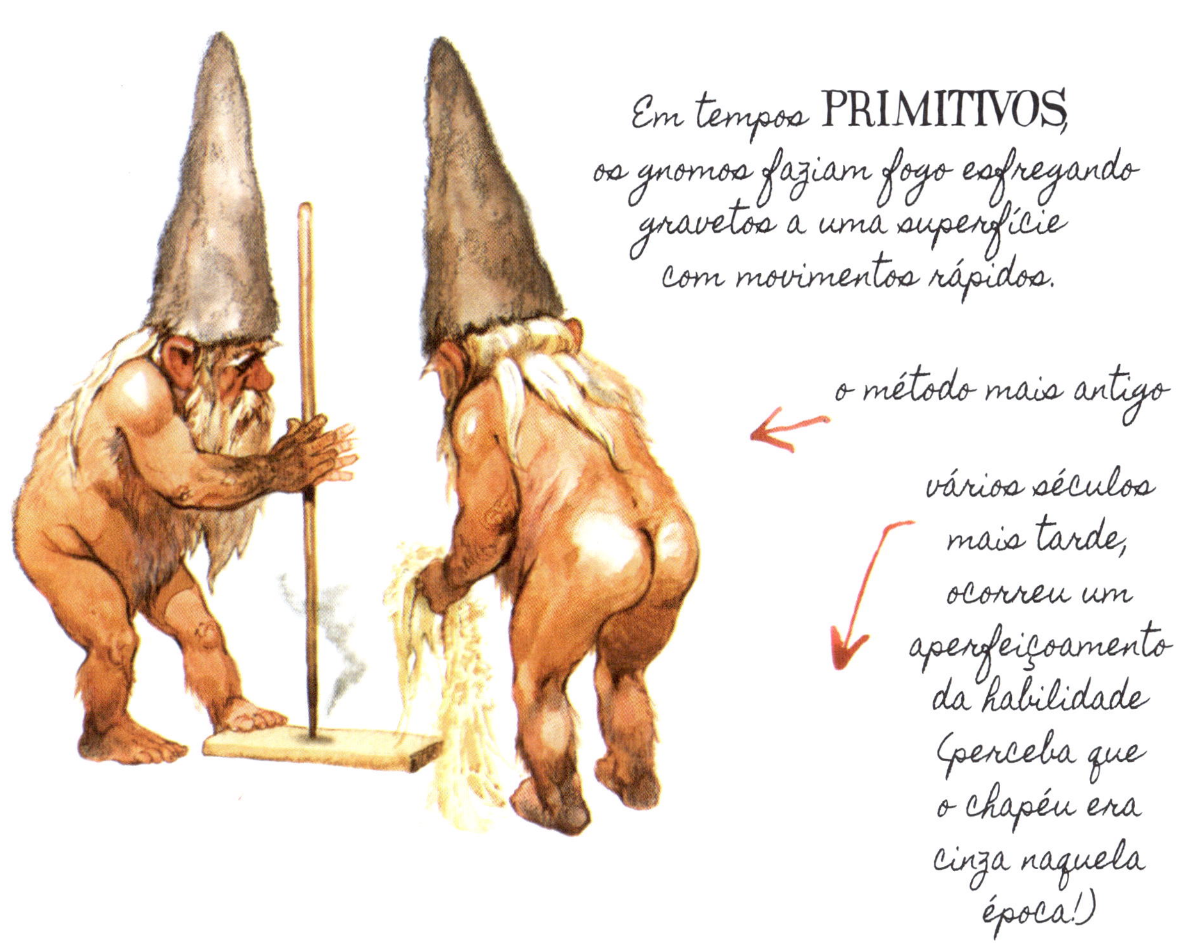

Em tempos PRIMITIVOS, os gnomos faziam fogo esfregando gravetos a uma superfície com movimentos rápidos.

o método mais antigo

vários séculos mais tarde, ocorreu um aperfeiçoamento da habilidade (perceba que o chapéu era cinza naquela época!)

Gnomos faziam tinta a óleo com pigmentos da terra*
muito antes dos humanos, que a inventaram e usaram
pouco antes e durante o tempo dos irmãos Van Eyck (por
volta de 1400). Os pequeninos usam tinta para decorar
móveis e o interior de suas casas, mas não a utilizam para
fazer pinturas. Para esse fim, entalham retratos de seus
ancestrais, pessoas que amam ou celebridades.

* De terra e argila – limpas e misturadas com óleo. Tem boa aderência
em pinturas e pode ser ocre, castanho-amarelado, castanho-avermelhado
queimado, terracota, marrom Van Dyke etc.

Como contraparte ao reservado com o vaso sanitário, a casa
dispõe de um banheiro mais espaçoso. A banheira de ferro
forjado é enchida com baldes de água aquecida no fogão.
Às vezes, tem um chuveiro conectado a um reservatório
de água da chuva no sótão. O cano da água para o banho
é ligado por um túnel inclinado à passagem vertical do
sistema de esgoto. No banheiro, espelhos de prata polida,
feitos com paciência e dedicação — e tão eficientes quanto
espelhos de vidro — são pendurados nas paredes.

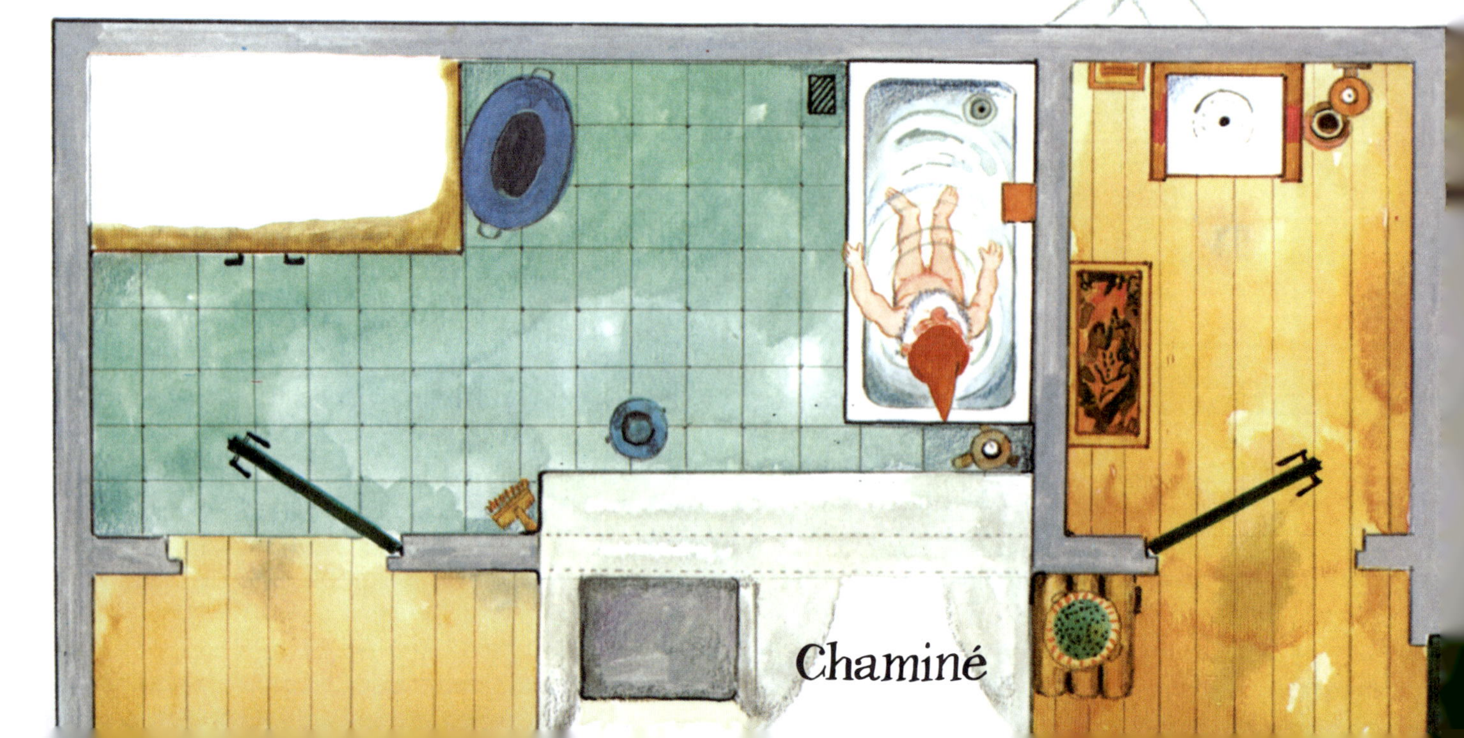

Seguindo em sentido horário, chegamos à parede lateral onde se localizam as camas embutidas da família, com um banco embaixo de cada uma para subir. Retratos entalhados e aquecedores de camas ficam pendurados nas paredes da alcova. Entre elas, há uma fileira de gavetas para armazenamento.

Finalmente, voltando à entrada da sala de estar, encontramos o relógio cuco, existente em todas as residências de gnomos. Como já mencionado, todo noivo gnomo ganha um quando se casa.

A sala de estar tem um belo teto com sancas. O espaço entre as camadas é usado para secar frutas; o acesso se dá por uma pequena escada de mão e um alçapão. Ganchos são fixados nas vigas mais baixas para que se pendure uma rede.

A disposição dos cômodos da casa de todo gnomo depende mais ou menos da posição das raízes da árvore sob a qual ela foi construída. Alguns gnomos preferem uma casa em um nível mais profundo e sem janelas, enquanto outros optam por uma janela alta em alguma parte do telhado inclinado — especialmente em florestas encharcadas, onde a construção profunda é dificultada.

Para obter luz, os gnomos usam velas de cera de abelha (ver *Produção Doméstica*).

Manter um bom relacionamento com coelhos e toupeiras é mutuamente benéfico, além da alegria do contato harmonioso. Esses trabalhadores de pelagem cinza e preta aveludada cavam pacientemente todos os túneis e passagens dos quais o gnomo precisa. Uma vantagem especial aqui é que eles nunca cavarão uma casa de gnomo sem querer, pois sabem exatamente onde cada uma se localiza.

Em retribuição por seus esforços na escavação, o gnomo sempre avisa às toupeiras quando encontra uma armadilha em um de seus túneis — ajuda muito bem-vinda, já que elas poderiam não notar até ser tarde demais. O gnomo também aconselha os coelhos a permanecerem na toca quando há caçadores na área. Além disso, se a pobre criatura for acometida por mixomatose (doença virótica que ataca coelhos), os pequeninos fazem companhia a esses amigos durante suas últimas horas de sofrimento. A morte do coelho não pode ser impedida, é claro, mas o gnomo pode dar a ele umas gotas de analgésico de ópio para tornar a passagem menos sofrida.

Todas as casas de gnomo têm uma abertura especial, coberta por um tecido, em uma das paredes ou no chão, ligada a uma toca de coelho. Essa abertura também serve como rota de fuga em emergências extremas.

Conforme mencionado anteriormente, qualquer parte da casa que ultrapasse o limite das raízes — por exemplo, pequenas despensas em áreas de água alta ou areia movediça subterrânea — é revestida com escamas de pinha. Mais tarde, musgo ou líquen cresce sobre essa parte, também a camuflando.

A Terceira Árvore

Embaixo de uma terceira árvore próxima da casa, são construídas as salas de estoque e suprimento. Nelas, os gnomos guardam grãos, vagens, sementes, batatas e castanhas. Essas provisões são indispensáveis, especialmente durante invernos rigorosos e prolongados. Por falar nisso, o gnomo não se opõe a ajudar qualquer pobre infeliz faminto e carente. Esse armazém pode ser conectado à casa, embora não seja comum.

Uma imagem hilária é a de um gnomo trabalhando para encher sua despensa enquanto, atrás dele, um hamster trabalha para esvaziá-la. Naturalmente, quando isso é percebido, é instalado o caos.

Hamster

Casas de gnomos no interior e no entorno de fazendas ou casas antigas, mesmo que adaptadas ao ambiente, costumam ter um padrão básico. Nelas, também encontramos a armadilha para doninhas perto da entrada; a água da chuva é captada por calhas no telhado e armazenada em um reservatório; e a água do vaso sanitário e de banho geralmente é escoada para as calhas de estrume do estábulo.

Uma variante da casa básica de gnomo é a casa no salgueiro, que normalmente funciona como casa de férias. Salgueiros curvados pelo vento (às vezes quase até o chão) e choupos são usados para esse propósito. O gnomo ocupa cerca de um terço do vão de um desses troncos. Patos também se aninham nessas árvores e parecem se sentir muito seguros com a presença dos pequeninos — especialmente quando estão desprevenidos, tomando banho ou comendo.

O Dia a Dia

Depois do pôr do sol, a casa do gnomo desperta. Mesmo sem janelas, eles sabem quando começa a escurecer. Os camundongos do campo também começam a se movimentar mais ou menos nessa hora. A senhora da casa sai da cama embutida, calça os chinelos e se dirige ao fogão, onde aumenta o fogo acrescentando folhas secas às brasas.

Em seguida, põe dois baldes de água para esquentar (caso o marido queira tomar banho) e uma chaleira para fazer o chá. Depois, vai ao banheiro para se arrumar.

Quando a gnomo sai do banheiro, o marido espera alguns minutos e põe os pés para fora da cama (muitas vezes com resmungos e murmúrios "matinais").

Ele então calça os chinelos e pendura a camisola e a touca de dormir em um belo cabide de ferro forjado. Olha com ar de aprovação para a esposa, que está enchendo a banheira com água quente, testa a temperatura e entra no banho.

No banho, pega dois punhados de **SAPONÁRIA** seca (Saponaria Officinalis) de um recipiente pendurado na parede e mistura à água para produzir muita espuma.

Enquanto mãe e pai estão
ocupados com isso, as
crianças arrumam a mesa.

Nesse meio-tempo,
o pai se enxuga.

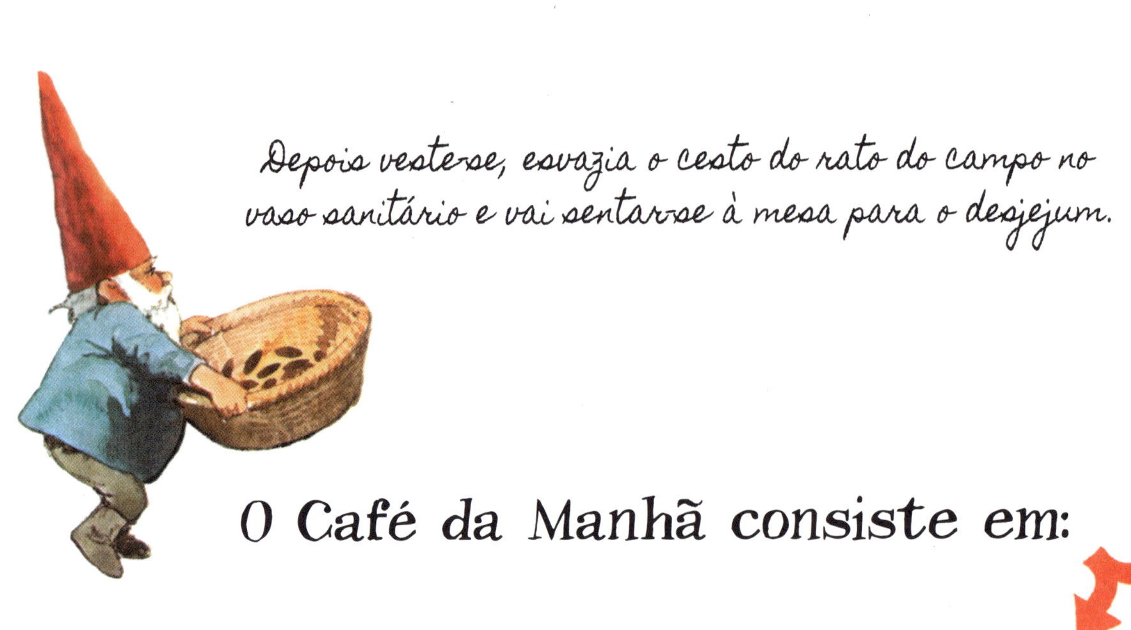

Depois veste-se, esvazia o cesto do rato do campo no vaso sanitário e vai sentar-se à mesa para o desjejum.

O Café da Manhã consiste em:

A Chá de hortelã
Chá de rosa mosqueta
Chá de tília
Chá de jasmim
(qualquer um desses)

Rosa mosqueta

B Ovos *de pequenos pássaros cantores*

C Cogumelos *(Vários tipos, conforme ilustrado)*

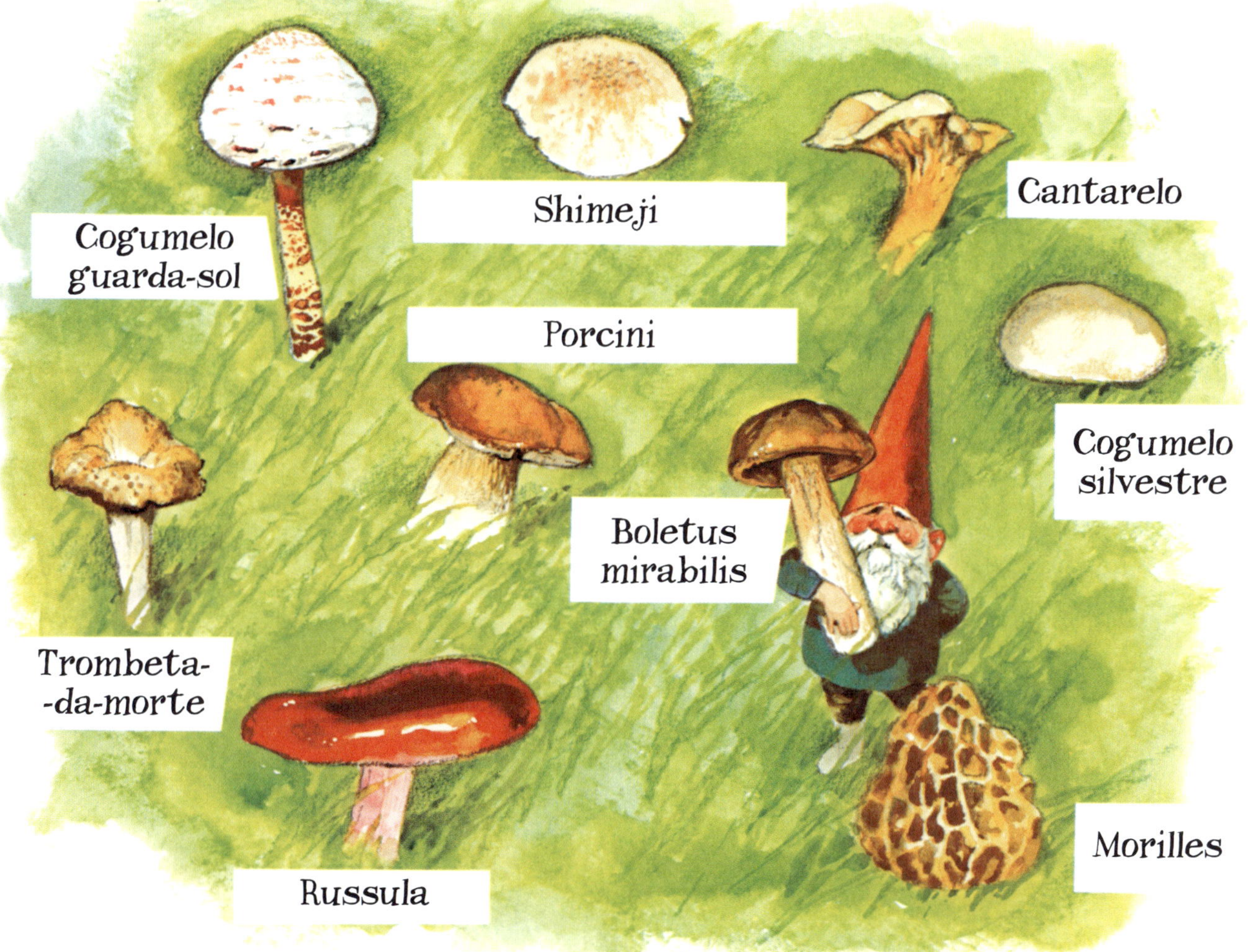

D Manteiga – *de óleo de girassol ou nabo*
E Mingau – *feito de várias sementes de gramíneas*
F Pão – *de farinha de bolota*
G Ovos de formiga
H Geleia – *de murtinho, mirtilo, framboesa ou amora*
I Bolo de especiarias

O açúcar utilizado é feito de mel ou beterrabas.

A esposa prepara o lanche para sua jornada noturna — uma bolota oca contendo chá e um saco de biscoitos. Preparados com várias sementes de gramínea, os biscoitos são uma refeição nutritiva.

O pai acende o primeiro cachimbo, espera até que a mãe tenha recolhido as coisas do desjejum, e então discutem as atividades da noite ou problemas relacionados aos filhos.

Ao sair de casa, ele afaga o grilo-vigia, atravessa a longa passagem, sobe a escada curta e "fica de tocaia"* por alguns minutos.

* **Ficar de tocaia:** *ouvir e olhar com cuidado por um período prolongado*

*Se ainda não
escureceu o suficiente,
o gnomo espera ao lado
de um coelho amigável até
a noite cair por completo...*

Qualquer coisa pode acontecer, dependendo do que encontrar e de qual é o trabalho da noite. Pode precisar ir à forja, à olaria ou à **serraria.**

As telhas dessas construções são feitas de escamas de pinhas.

Ou ele pode ir ao seu
canteiro de ervas e plantar,
limpar o mato, arar,

podar ou colher...

Também pode cuidar do estoque de lenha ou colher frutinhas...

Em resumo, o gnomo faz tudo que pode e precisa ser feito durante curtas e abafadas noites de verão, longas e frias noites de inverno, noites chuvosas, de breu ou enluarada.

Se nevar, calça os esquis de longa distância, algo deveras necessário, senão afundaria na neve, especialmente quando fresca!

Se seus afazeres não o obrigarem a passar a noite em outro lugar, o gnomo volta para casa pouco antes de o sol nascer, e lá estão em andamento os preparativos para a principal refeição. Gnomos fazem duas refeições reforçadas por dia e lancham leite ou mingau entre elas.

A refeição principal consiste em:

avelãs, nozes, nozes de faia etc.

cogumelos (ver Café da Manhã)

ervilhas

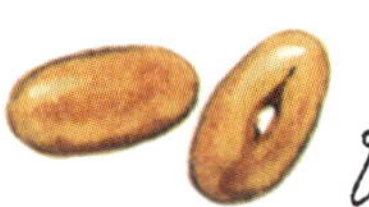

feijões

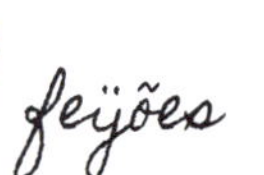

uma batata pequena

purê de maçã, frutas, amoras e framboesas, tubérculos e especiarias

todos os tipos de vegetais

bebida

hidromel (mel fermentado)

Em vez de carne, o gnomo consome com regularidade <u>ervilhaca-dos-lameiros</u> (*Vicia sepium*), planta altamente proteica e que contém um néctar nutritivo em suas folhas.

framboesas fermentadas – às vezes com teor alcoólico (infelizmente!) muito alto

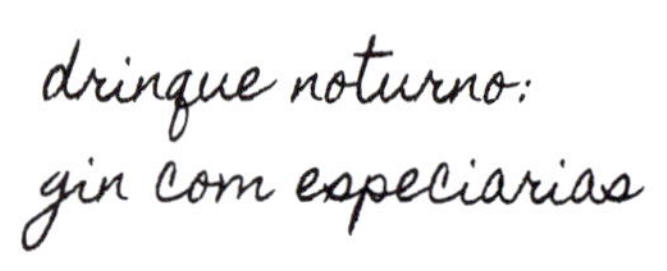

sobremesa: compotas

drinque noturno: gin com especiarias

Diferente das humanas, as crianças gnomos são amamentadas por vários anos.

Enquanto o pai gnomo realiza as tarefas externas, a mãe, se tiver bebês, passa a noite trocando e lavando fraldas, passando roupas, embalando o berço, amamentando e cantando; ou brincando, cozinhando, tricotando, tecendo, limpando, arrumando as camas, conversando com os coelhos, passando o tempo com as vizinhas, alimentando o grilo vigia ou até mesmo resmungando com os ratos do campo.

Quando o sol nasce, o pai gnomo lê um capítulo do LIVRO SECRETO. A leitura é ouvida respeitosamente por todos. Depois disso, as portas são trancadas, o fogo apagado, as crianças postas na cama e os ratos do campo silenciam-se.

E assim o sol se levanta sobre a casa do gnomo. Já em suas camas, as pequenas criaturas desejam *slitzweitz* — "boa noite" na linguagem deles — uns aos outros. Durante um tempo, ouve-se risadinhas abafadas na alcova das crianças, roncos vão ao pouco se tornando mais altos na dos pais, os ratos do campo tentam encontrar uma posição mais confortável para dormir no cesto, a chaleira esfria no fogão e, na sala de calçados, o grilo-vigia entoa satisfeito sua canção. Tudo está seguro. Do lado de fora, pode haver vilões à espreita: tempestades, trovões, torrentes de águas; animais predadores são muitos. Contudo, sobre o sólido lar, uma grande árvore se mantém ereta; os companheiros grilo-vigia, toupeira e coelho ficam a postos para alertar a família se for necessário. Nada pode acontecer.

A cada lua nova, o gnomo acorda no meio do dia. Sai da cama com cuidado e pega o grande Livro da Família. Senta-se à mesa e registra quaisquer ocorrências incomuns que possam ter acontecido nas quatro semanas anteriores. Escreve à tinta feita com (curiosamente!) cogumelo tampa de tinta.
O Livro é enviado ao palácio de vez em quando para ser examinado pelo rei; isso permite que ele se mantenha atualizado sobre as atividades de seus súditos.

Produção Doméstica

Iluminação

As casas dos gnomos e passagens subterrâneas são iluminadas com **velas e lamparinas de óleo**

As casas dos pequeninos e as passagens subterrâneas utilizadas são iluminadas com lamparinas à óleo e velas — estas produzidas por eles próprios com cera de abelha. Os gnomos mantêm suas colmeias (colônias pequenas) em lugares ocultos na floresta e/ou nos campos. Para criar uma colmeia, o gnomo enrola folhas finas de cera com padrão celular — feito pressionando canos hexagonais nas folhas — e as colocam em pé na abelheira "antiga". As abelhas então começam a construí-la a partir desse padrão. As paredes de células são feitas da cera que as abelhas (menos de 20 mil) "suam" através de glândulas em seu abdome.

A matéria-prima da cera é o pólen consumido pelas abelhas. Esses insetos bicolores se reproduzem botando ovos nos alvéolos e selando-os com membrana. Depois de muitos nascimentos, os alvéolos de incubação acabam ficando pretos, devido ao tráfego constante de abelhas, e precisam ser renovados. O gnomo vira a colmeia de cabeça para baixo e remove as células velhas, colocando-as em uma caixa de metal com um cano de drenagem preso à parte de baixo. A tampa é feita de um painel duplo de vidro, então esse aparato é posto no sol. Embaixo do cano de drenagem, o pequenino dispõe um molde de vela com um pavio pendurado no centro. A temperatura na caixa de metal se eleva rapidamente com o calor solar e em pouco tempo a cera derretida começa a correr pelo cano, enchendo o molde de vela. Quando esfria, o material encolhe e é removido do molde com facilidade, já com o pavio no lugar.

Folha de cera

Como se pode imaginar, para derreter a cera para suas velas, o gnomo precisa estar acordado de dia e, exposto à forte luz solar, com a qual, obviamente, não está acostumado. Para se proteger, ele usa **óculos de sol** (semelhantes àqueles usados pelos esquimós) feitos com uma pequena tira de madeira e uma fresta no centro dela.

Cerâmicas

O gnomo faz todos os seus utensílios de barro, utilizando argila natural.* Há três tipos de água presentes nessa argila:

- Água quimicamente ligada ao silicato;
- Água absorvida pela argila por higroscopia;
- Água adicionada para tornar a argila macia e maleável.

Depois que um objeto (um prato, por exemplo) foi moldado à mão, a água é eliminada em ordem reversa. Primeiro, a água adicionada é seca ao sol e ao vento; na sequência, o gnomo aquece o material a 150° C para eliminar a água higroscópica; por fim, ocorre a queima a, no máximo, 800° C, que elimina a água no silicato. O produto resultante contém apenas silicato, é rijo e muito durável — e sofre ainda um encolhimento de 20 a 40%.

Devido às impurezas naturais presentes (principalmente de óxidos), o produto tem uma coloração marrom-avermelhada. Esse tipo de cerâmica é chamado de terracota. Se o gnomo adiciona cálcio, a cor fica mais clara, quase amarela.

Quanto mais compostos naturais o silicato (cálcio, potássio, carbono ou enxofre) apresenta, menos poroso é o produto. Para evitar encolhimento excessivo no forno, que resulta em rachaduras, acrescenta-se areia fina ou calcário à argila enquanto ela é amassada.

* Argila é composta de silicato de alumínio hidratado e várias impurezas naturais.

Sob o eterno gotejar.

Nos velhos tempos, tigelas e outros utensílios eram feitos colocando-se uma pedrinha sob uma fonte de água que pingava constantemente; com o tempo, a ação da água abria um buraco no centro da pedra. Hoje em dia, usa-se um disco de cerâmica com argila.

O disco gira com um mecanismo de pedal. Pratos, panelas, vasos, canecas e tigelas são feitos dessa maneira.

Alças e pegadores são adicionados posteriormente.

Antes da queima, estampas decorativas são pressionadas contra a argila molhada usando carimbos de madeira esculpida. A pintura é feita depois do cozimento.

Forno de Cerâmica

Há muito, o forno substituiu a queima de cerâmica sobre fogo aberto ou em um buraco no chão. O processo de queima requer calor de até 800° C, e isso só pode ser alcançado em um forno fechado.

Outros utensílios domésticos, incluindo xícaras e pires, são produzidos por gnomos artesãos a partir de chifres ocos de veado, assim como cabos de facas, garfos, colheres e botões, todos esculpidos com todo amor.

Fabricação de Vidro

Obtém-se o vidro de cristais de rocha derretidos. Todos os objetos desse material usados pelo gnomo são de vidro de quartzo — de qualidade muito mais elevada que o comum. Vidro de quartzo não quebra com calor ou frio extremo, quase nunca racha e tem brilho natural. Deve ser soprado em temperaturas extremamente altas para ser moldado.

Para colorir o vidro, o gnomo adiciona, de forma generosa, ao cristal derretido, os minerais ametista, topázio amarelo, ágata, heliotropo vermelho e plasma verde. Ele também faz bolinhas para os filhos com essas pedras.

O vidro de quartzo, muito mais transparente, é usado para óculos, telescópios, copos e vidraças. Os transparentes ou de várias cores são usados em lamparinas e luminárias internas ou externas. As luminárias têm a forma da cabeça de um gnomo (com o chapéu, é claro).

Metalurgia

Os gnomos são muito acostumados a utilizarem ouro, prata, cobre e ferro. Os dois primeiros não têm valor monetário para eles, mas os utilizam com frequência e prazer, dada a sua durabilidade em todos os tipos de clima e seu brilho atraente. Há grandes quantidades de metal precioso nas casas reais e em todos os lugares (a origem desse material, no entanto, é incerta), e todo gnomo pode extrair o quanto precisar.

Com o cobre é a mesma coisa. Esse metal é extraído em seu estado natural na Suécia e na Hungria, e depois transportado para armazéns centrais.

Já o ferro é obtido derretendo-se a hematita, um minério que contém óxido de ferro vermelho (Fe_2O_3). A fornalha, um cilindro de pedra com cerca de 30 cm de altura é abastecida com camadas de carvão e minério de ferro pulverizado. Quando ela é acesa, o fogo é poderosamente soprado por uma série de foles. Depois de certo tempo, o ferro derrete e o metal líquido pode ser despejado. Vários processos de purificação e novos derretimentos são realizados para que se obtenha a forma como ferro forjado ou fundido.

O método de fundir objetos utilitários de ouro, prata, cobre ou ferro é o método *cire perdue* (ou "cera perdida"), um processo antigo, mas ainda em uso. Primeiramente, é criado um modelo em cera do objeto, depois cobre-se ele com argila, na qual é aberto um pequeno buraco. A argila é aquecida até endurecer. Enquanto isso, a cera derrete e escorre pelo buraco, deixando uma cavidade no interior do molde de argila, que tem exatamente a forma do objeto desejado — por isso o processo é chamado de "cera perdida". O metal derretido é despejado no interior do molde vazio de argila. Depois que esfria, a forma é quebrada e descartada e a peça acabada é revelada, necessitando apenas de polimento.

Método cera perdida

Carpintaria

O gnomo é um carpinteiro e marceneiro nato. Ele faz os próprios móveis — armários, cadeiras, bancos etc. — sem usar um único prego. Tudo é construído com encaixes do tipo cauda de andorinha, pinos de madeira e cola. Há pouca utilização de peças de metal e até as portas de armários têm dobradiças montadas com pinos verticais de madeira em cima e embaixo.

Construir **casas de aves** é um trabalho de amor e carinho para o gnomo; todas são feitas sob medida. Podemos vê-las penduradas em locais isolados na floresta. Em gratidão, as aves nos ninhos permitem que o gnomo examine seus ovos e leve para casa os não fertilizados para serem consumidos.

Quando estiver andando na floresta, preste atenção aos buraquinhos que conseguir ver nos troncos de árvore. São provocados pelos **sapatos especiais** dos gnomos para escalada de superfícies verticais.

FIBRA DE LINHO OU LINHAÇA

As gnomos donas de casa fazem todas as roupas da família. Elas próprias tecem o linho necessário.

Confecção de Roupas

Gnomos plantam linhaça em um jardim secreto, colocando cautelosamente as sementes muito próximas para evitar a ramificação dos caules. Depois de um período de crescimento, todos os talos amarelos que não amadureceram são removidos. Esses são então abertos para a eliminação das sementes.

Os talos aproveitáveis são submetidos a um processo de fermentação-apodrecimento e depois são secos. Na sequência, fibras de linho são separadas com um pente de metal, achatadas e enroladas em bolas.

A pequenina fia a linhaça preparada em fios muito finos e tece o material entrelaçado em seu tear.

Pelo de corça é usado para fazer lã (especialmente quando é resistente e rijo). A matriarca gnomo tricota roupas de baixo, meias, luvas e cachecóis. Para o gnomo da floresta, é claro, o **pelo de corça** está sempre disponível.

Quando precisa, o gnomo tem permissão para pegar pelos soltos de coelho do próprio ninho para confeccionar peças mais macias...

Fragmentos perdidos de lã de carneiro encontrados voando sobre os campos ou enroscados em cercas de arame farpado são usados para fazer cobertores pesados e suéteres.

Cada um desses tipos de lã é lavado e preparado com óleo, então é seco, penteado, desfiado, fiado, torcido e, por fim, tricotado ou tecido.

O TINGIMENTO DA LÃ de vários tipos acontece assim:

para o VERMELHO, usar agrimônia de cânhamo

para o AMARELO, usar serragem (Serratula tinctoria) ou folhas de peônia

para o AZUL, use Pastel-dos-Tintureiros (Isatis tinctoria) (O pó derivado dessa planta é originalmente vermelho-cobre, mas se torna azul pela oxidação.)

A gnomo também pode fazer lã a partir da lanugem de cardo, que produz bolas fofas das quais se pode cardar fibras.

Cestaria e Tecelagem

a famosa "roda de tecer" para formas circulares

tapete circular tecido

cestaria trançada

cerca trançada (a técnica fala por si)

antigo tear
modelo aperfeiçoado
mulher jovem
tecendo com corda
pente de tecer.
Os fios "regulares"
são movidos para
cima e para baixo

Casca de Bétula

Depois de muito bater, a casca de bétula torna-se suficientemente macia para se fazer casacos e sapatos. (Esses itens também são costurados, como de praxe, com fios de pelo de corça ou fibras duras de musgo.)

COURO, *no entanto, não se encontra com pronta disponibilidade. A pele usada tem que ser de ratos, esquilos, coelhos ou outros animais que morreram de forma não natural, como em um acidente de carro, congelamento severo, pesticidas ou altercações.*

O couro também é usado para a produção de calças, bolsas de tabaco, botas, sapatos, bolsas e cintos; às vezes até para dobradiças de porta.

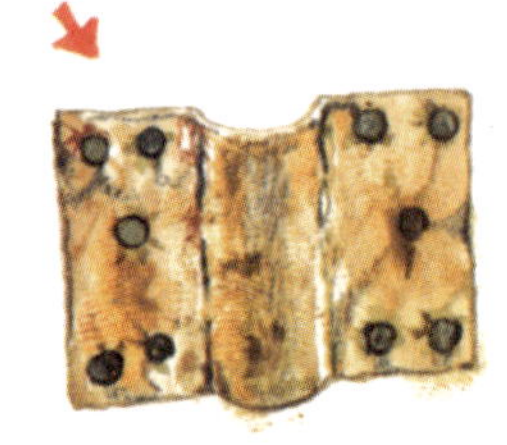

Alguns gnomos, inclusive, têm um galpão de **bicho-da-seda**, *mas a seda que recolhem é usada principalmente para suprir o palácio.*

Os Gnomos e os Animais

Naturalmente, gnomos mantêm contato próximo com animais. Podemos dizer que estão em perfeita sintonia.

Isso significa, como se pode imaginar, que o gnomo fala a língua dos animais e entende seus problemas. Todos os animais – até os problemáticos já mencionados –, sentem-se seguros com os pequeninos e compartilham da confiança do gnomo. No entanto, o gato continua sendo uma exceção, especialmente o doméstico, que não é membro do mundo animal natural e não é digno de um voto de boa-fé sequer.

Gnomos são procurados muitas vezes até por animais grandes como lobos, linces, ursos, raposas e javalis (esses não são os favoritos, de jeito nenhum, mas acontece...). Eles sabem onde encontrá-los quando precisam.

Em troca, fazem o que eles pedem sem se aborrecer (muito).

Alguns exemplos de "Primeiros Socorros" prestados pelos Gnomos:

De fato, o gnomo é indispensável ao mundo animal. Seu intelecto e suas habilidades técnicas permitem que faça coisas que os animais são incapazes de fazer sozinhos.

Raposas e outros animais podem ficar irritados com carrapatos grudados na pele da cabeça ou em outras áreas de difícil acesso. Quando tentam se livrar do carrapato esfregando a região em uma árvore, a cabeça do inseto permanece sob a pele, causando inflamação. Para resolver o incômodo, o gnomo espera até o carrapato adormecer e então o remove torcendo-o rapidamente no sentido anti-horário.

Quando dois veados ficam "enganchados" durante uma briga, ou seja, quando os chifres se emaranham e eles não conseguem se soltar (por causa de pontas extras ou saliências anormais), o amigo pequenino os corta. Os coitados, em geral meio mortos de fome, ficam livres novamente. Não se preocupe, chifres não têm terminações nervosas, então a operação toda é indolor.

Quando uma vaca ou cabra sofre "perfurações", isto é, um objeto afiado alojado na barriga — como uma faca de desossar que podem ter engolido, um pedaço de vidro ou arame —, o gnomo faz a operação de remoção. Em geral, o fazendeiro percebe o incômodo do animal primeiro e chama o veterinário, mas, em casos em que não há o devido cuidado, ou quando o dono do animal é pobre demais para pagar pelo atendimento médico, os gnomos resolvem o problema.

O pelo do flanco é raspado e a pele é aberta por uma pequena incisão. As três camadas de músculos que revestem o abdome são afastadas em três direções e presas por grampos. Depois de aberto o peritônio, o revestimento lateral do estômago fica visível. O objeto pontiagudo é encontrado, sendo necessária apenas uma pequena incisão para removê-lo. Estômago, peritônio, parede do corpo e pele são suturados em camadas.

Se um coelho cai em uma armadilha e tem a presença de espírito de não ficar agitado demais e esperar com paciência, logo aparece um gnomo para salvá-lo. Com lixa e pinças, qualquer pequenino consegue afastar o arame cravado na garganta do animal e lixá-lo.

Entre outros serviços prestados aos coelhos, já mencionamos alertas de perigo iminente representado por humanos e o maravilhoso conforto oferecido aos acometidos por mixomatose durante suas últimas horas de sofrimento.

Além disso, gnomos têm um jeito para curar membros quebrados (por tiro de pistola ou rifle, ou atropelamento por automóvel), uma coisa que é quase milagrosa — tanto que não se pode deixar de suspeitar da influência de um ser superior. Animais com esse tipo de ferimento costumam se esconder na mata por quatorze dias, mais ou menos, dando tempo aos gnomos para cuidar deles.

gnomos se divertem muito quando são árbitros
de lutas matinais entre **galos pretos**

Devido à deglutição esganada, bolotas e até objetos maiores ficam entalados na garganta de um ganso. Usando as mãos para massagear o pescoço do animal, o amigo diminuto faz a castanha deslizar e descer para o estômago do ganso.

Acupuntura

Gnomos, que conhecem a acupuntura há milhares de anos, usam agulhas de ouro e prata.

O texugo na ilustração teve uma córnea perfurada ao andar sobre um galho quebrado no escuro. Agulhas inseridas em torno da orelha esquerda produziram anestesia em todo o lado esquerdo do rosto. Quando o torpor se instalou, a córnea foi costurada da maneira habitual.

A acupuntura também ajuda na remoção de espinhos cravados profundamente ou quebrados nas patas dos animais. Uma técnica tão antiga quanto o mundo.

Cavalos no estábulo ou no campo
nunca pisam em um gnomo! Nem
vacas ou outros animais de grande
porte. Sem medo, o pequenino pode
andar entre as pernas dos cavalos
ou até dormir embaixo delas.

Às vezes, os chifres de um veado ficam enroscados em um pedaço de arame quebrado de uma cerca — ou um trecho de arame farpado ou galho torcido fica preso neles. O gnomo, como você pode supor, não acha isso agradável e sabe que pode ser um risco para o veado. Muito prestativo, ele remove o objeto estranho.

Esquilos

Esquilos esquecem com frequência os lugares nos quais esconderam suas castanhas para o inverno. Em invernos longos ou rigorosos, isso pode causar fome. O gnomo da vizinhança, com sua memória infalível, sempre os ajuda.

Aranhas

Aranhas não são especialmente amigas, mas um gnomo nunca destrói uma teia: isso pode trazer má sorte.

Lontras

Os pequenos seres utilizam a lontra como transporte para atravessar riachos, rios ou outros corpos d'água. Nadando e rindo o tempo todo, a lontra leva o amigo ao outro lado. Nadar é muito arriscado para os gnomos porque certos peixes "gostam" muito deles. Sim, um gnomo pode usar um barco de casca de árvore, mas não estão disponíveis em todas as áreas.

A antiga canção infantil "Joaninha, joaninha, voa para longe, sua casa pegou fogo...", que realmente a faz voar para longe, foi criada por crianças gnomos.

O **Muflão** é um carneiro selvagem natural da Córsega e Sardenha. Como é comum não haver matéria rochosa suficiente nas charnecas de seu novo território, os cascos não desgastam como deveriam e ficam parecidos a sapatos persas! O gnomo gentilmente os serra e lixa na forma ideal.

O gnomo se sente
responsável por alimentar
pequenos roedores com a
comida de seu estoque durante
o longo e rigoroso inverno.

A constrição no peito de um veado pode ser causada por **mutucas de "garganta"**. A mutuca põe seus ovos no focinho do veado e a larva penetra em sua garganta e lá se instala. O gnomo remove os invasores com uma pinça de mutuca de "garganta". Daí o nome.

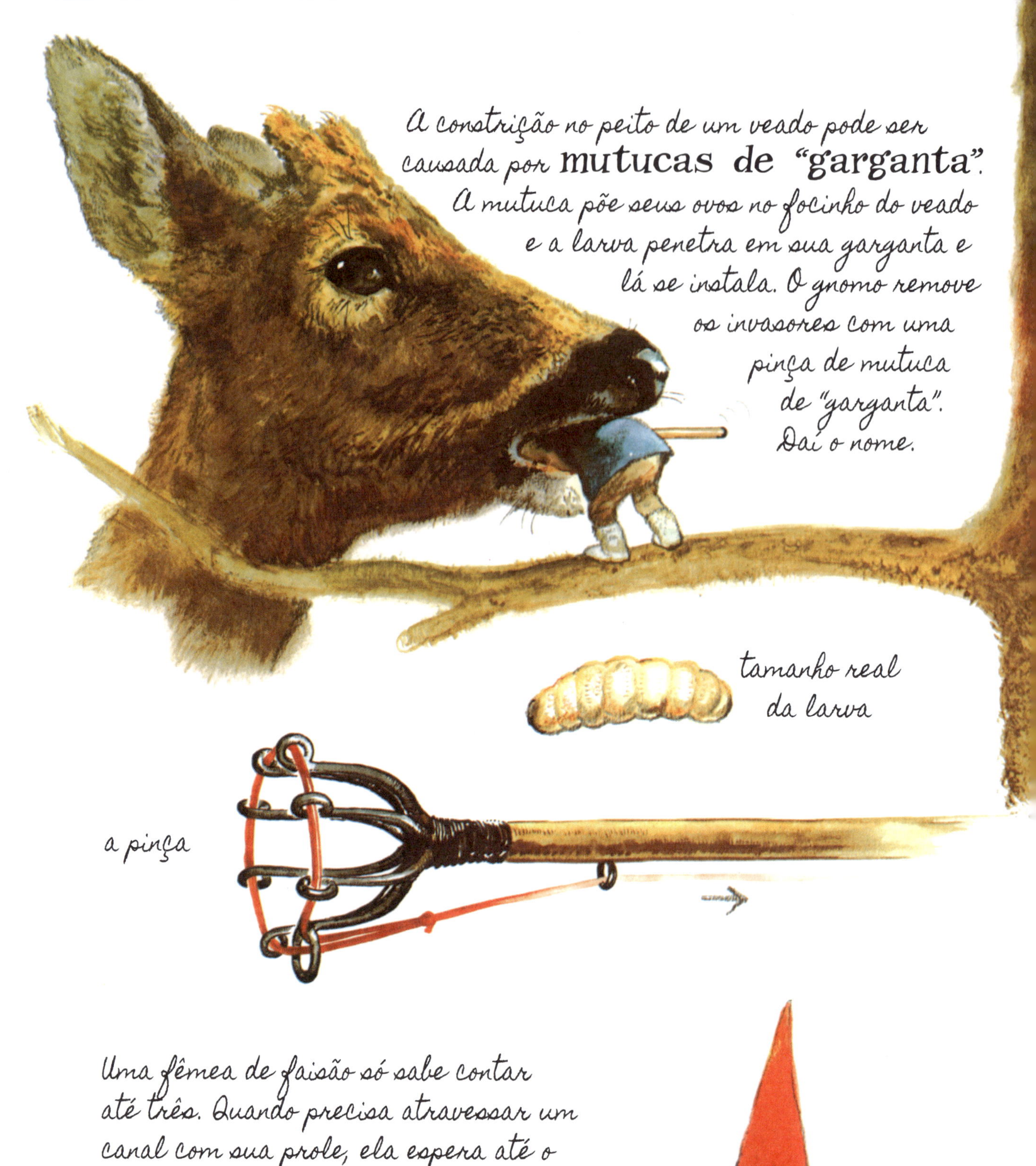

Uma fêmea de faisão só sabe contar até três. Quando precisa atravessar um canal com sua prole, ela espera até o terceiro filhote passar, depois segue seu caminho, deixando os outros (que poderiam se afogar) para trás. O gnomo ajuda encontrando os filhotes abandonados nas horas do crepúsculo, localizando a mãe e colocando os bebês embaixo dela.

Gnomos fazem tantos favores para os javalis e veados, que estes não se incomodam com as poucas batatas que os pequeninos pegam dos comedouros, onde os fazendeiros as deixam para os animais.

Doninha

Gnomos têm dificuldades para aceitar a doninha porque sabem que elas paralisam sapos vivos e os reservam para comer depois. O pequenino é informado sobre isso logo na infância e passa a vida toda com medo de ter o mesmo destino!

Brincadeiras

Balanço

Gnomos crianças, como as de todos os lugares, adoram balançar. Há sempre um lugar nos arbustos onde amarrar as cordas. Nas dunas ou nos campos, o pai gnomo constrói um balanço para a sua prole. De vez em quando, gnomos adultos gostam de balançar suavemente enquanto pensam em problemas mais sérios.

Crianças gnomos usam as **sementes aladas** do bordo (*Acer pseudoplatanus*) para brincar de ser **libélulas**.

Com metade de uma casca de castanha, fingem ser **ouriços** e assustam os ratos do campo. Meninas gnomos gostam de brincar com fofos **amentilhos de salgueiro**, vestindo-os como bonecas ou animais e os colocando na cama.

Zarabatanas *são feitas do caule oco do antrisco (Anthriscus vulgaris) ou pastinaca (Pastinaca sativa).*

As crianças também atiram **bolinhas** *com pedras ou bolas de argila feitas por seus pais e brincam de* **Território**, *com um canivete.* **Boliche** *é praticado na fronteira de um prado com excrementos secos e inodoros de coelho, assistidos por uma respeitosa plateia composta pelos próprios "fornecedores".*

Cabo de guerra.

Futebol com uma amora de neve.

Esconde-esconde, pular corda e cabra-cega *fazem a alegria da criançada.*

Empinar pipa *(quando mãe e pai não estão olhando) usando um besouro ou uma abelha.*

Fantasiar-se *de elfos, bruxas, pai, mãe, rei, rainha etc.*

Gangorra *com as tábuas mais perfeitas e lisas.*

Damas e Gamão-Gnomo.

Arremesso de carrapicho *(para provocar animais e pessoas).*

Idioma

Entre eles, os gnomos falam um idioma próprio. Contudo, como entramos em contato apenas com gnomos solitários, nunca os ouvimos. (Eles podem se tornar muito difíceis se questionados sobre o assunto.) É certo, no entanto, que os animais os entendem. Como já vimos, "boa noite" é *slitzweitz*, já "obrigado" é *te diews*. Não fomos muito além dessas palavras, principalmente porque os pequeninos dominam com perfeição os idiomas humanos. E se não conseguem entender uma palavra, logo perguntam seu significado. O idioma escrito é a antiga inscrição rúnica.

Outros Seres do Crepúsculo e da Noite

Elfos, goblins, fantasmas domésticos, trolls, duendes, espíritos do rio, ninfas da floresta, ninfas da montanha, uldras.

Como são frequentemente confundidos com gnomos, seguem descrições detalhadas de cada um:

Elfos

São espíritos da natureza que adoram dançar livremente e tocar instrumentos de corda. Os elfos geralmente habitam o subterrâneo, mas há também os que moram na água ou sobre ela (de preferência, próximo a uma nascente); às vezes até no ar ou nos galhos de árvores altas. De vez em quando, assumem a forma de um animal. Não são maldosos por natureza, mas as consequências de suas brincadeiras podem ser sérias (são conhecidos os casos de pessoas que se perdem nos pântanos por feitos deles), mas não é intencional, de maneira nenhuma. Existem elfos machos, fêmeas e assexuados. Muitos deles têm asas.
Tamanho: de 10 a 30 cm.
Inteligência: extremamente focada e elevada.

Goblins

Os goblins chegam aos 30 cm de altura; homenzinhos sombrios vestidos de preto com chapeuzinhos pontudos. São reconhecidamente maldosos e não se envergonham disso. Quando um humano morre, eles assustam a família com sua presença, única e exclusivamente por serem detestáveis. Gostam de prata e ouro e tentam roubá-los dos gnomos. É comum carregarem uma pequena pá. Habitam grandes trechos de floresta, onde realizam seus ataques.

Fantasmas domésticos

Frequentemente confundidos com o gnomo, podem assumir muitas formas — inclusive a do próprio gnomo —, como a de um rato, gato ou cachorro preto. Em seu estado natural, são invisíveis aos olhos humanos, mas podem se tornar visíveis nessa espécie de transformação. Fazem muito barulho na casa à noite; moram entre as paredes, no sótão ou no porão, no estábulo, no galpão, às vezes até em uma árvore grande ao lado da casa. Não são especialmente inteligentes, mas amigáveis desde que sejam bem tratados. Gostam de atormentar os preguiçosos puxando as cobertas da cama e direcionando ventos frios ao quarto. Também se divertem muito tombando baldes de leite e mantendo as pessoas acordadas com batidas constantes nas paredes.

Quando ficam furiosos, tornam-se muito maldosos. Sua barulheira se torna insuportável. Jogam pedras, fazem o gado adoecer, há ocorrência de seca, tempo frio ou tempestades. Só deixam a casa ou fazenda depois de destruí-las completamente.

Trolls

Estúpidos, primitivos, traiçoeiros e incrivelmente feios. Têm um nariz que parece um pepino e uma cauda animalesca. São bastante fortes e rápidos, e cheiram mal. Muitas vezes, mantêm caixas cheias de dinheiro e joias roubadas, com os quais passam horas brincando, acariciando-os.
Área de distribuição: Noruega, Suécia, Finlândia, Rússia, Sibéria.
Tamanho: mais de um metro de altura.
Cabelo: preto e imundo.

Duendes

Uma criatura do sexo masculino quase extinta. Tem 1,20 m de altura, muitas vezes menos que isso. Ainda pode ser encontrado no meio de florestas inóspitas e nas montanhas. Muitas são as suas habilidades, mas destaca-se a metalurgia, em que são verdadeiros mestres. Cavam em busca de ouro e prata em grandes minas e vivem em grupos. Têm boa natureza, exceto por alguns poucos solitários, possivelmente exilados por suas tendências a maldades. Se um duende cai em mãos humanas, compra sua liberdade com ouro.
Não têm barba.

Espíritos do rio, ninfas da floresta e ninfas da montanha

Rarefeitos e quase sempre invisíveis, são seres muito poderosos nas artes mágicas que podem assumir qualquer forma. Não se caracterizam por uma natureza boa ou má e evitam problemas simplesmente se retraindo. No entanto, se são muito provocados, desastres de todo tipo podem acontecer. São muito sensíveis e podem chorar lágrimas desanimadoras ou rir de maneira lúgubre. Muitas vezes espiam o mundo de trás de uma árvore com um olho só.

Uldras

Criaturas que vivem no subterrâneo, são encontrados apenas na Lapônia. Parecem gnomos, mas são um pouco maiores e sem cores nas vestimentas. Vivem juntos em grandes famílias ou tribos. Têm autoridade respeitada sobre grandes animais selvagens, como urso, alce, lobo e rena. São amistosos, mas cegos à luz do dia. Quando maltratados pelo homem, desencadeiam calamidades. Seu método mais terrível é espalhar um pó venenoso no pelo das renas, causando a morte de muitos animais e privando os pastores da Lapônia de seu ganha-pão.

Relações com Outros Seres

O gnomo não tem muito a ver com elfos, goblins, fantasmas domésticos, duendes, ninfas do rio, da floresta ou da montanha, uldras, feiticeiros, bruxas ou lobisomens, fantasmas do fogo ou fadas. Simplesmente os evita.

No entanto, eles têm grandes dificuldades com trolls, especialmente no norte da Europa, Rússia e Sibéria. Esses perturbadores da paz, intrometidos e agressivos como são, causam infinito prejuízo à humanidade e aos animais, com quem o gnomo tem boas relações e por quem se sente responsável.

Felizmente, fora de sua caverna o troll não tem poder algum sobre um pequenino. Além disso, o gnomo é muito mais esperto. Mesmo assim, se um troll por acaso pega um gnomo, acontecem as coisas mais horríveis.

Um passatempo favorito dos trolls é segurar o gnomo capturado contra uma pedra de afiar giratória.

Ou segurar o gnomo tão perto de uma chama que ele pega fogo. E então jogá-lo de um troll ao outro — a brincadeira é apagar a chama com as mãos suadas sem se queimar!

Outras atrocidades: confinamento solitário, uma faca na garganta, ou, ainda, arremessar uma faca que passa bem perto de acertar o gnomo de mãos e pés atados. Às vezes, um troll faz um gnomo dançar preso a uma corrente ou o coloca em uma esteira. Enfim, qualquer coisa que uma mente pervertida possa pensar.

O troll não é malicioso o suficiente para pensar em matar, mas, apesar disso, o gnomo muitas vezes acaba bastante ferido. Felizmente, em quase todos os casos, o gnomo consegue escapar da caverna do troll: ou por sua genialidade ou com ajuda externa.

Tratamento muito pior espera por um gnomo que cai nas mãos de um troll-gorgolão, dos quais (ainda bem!), só existem três no mundo. O troll-gorgolão é grande como um troll (talvez até seja um parente genético distante), tem seis dedos de unhas pretas em cada mão, pés chatos e enormes com sete dedos em cada um. Os pelos corporais, oleosos e fedidos são infestados de piolhos e carrapatos — o que não parece incomodá-lo. Cabelos o cobrem da cabeça aos pés, inclusive no rosto, em que, entre mecha gordurosas, só os olhos brilhantes podem ser vistos.

Eles são ladrões natos e podem viver até 2 mil anos. Têm enormes coleções de ouro, prata e pedras preciosas em suas cavernas, um "tesouro" furtado dos humanos por anos e anos. Nessas cavernas, tudo é fedido e rodeado de insetos.

Um gnomo em poder de um troll-gorgolão tem poucas chances de sobrevivência. Existe o caso de Olie Hamerslag (agora com 385 anos), que mora nos pântanos drenados perto de Berezina. Suas pernas foram amputadas por um troll-gorgolão que o jogou em uma máquina de cortar feijão de corda. Esse gnomo foi esperto o bastante para conseguir fugir mais tarde, levado para casa por um corvo malhado. Olie tem usado pernas de pau por mais de setenta anos e, agora, quase não percebem a diferença.

Tristemente, também sabemos sobre um gnomo que perdeu a vida: um troll-gorgolão o mutilou. Essas criaturas horríveis também são conhecidas por sentir um prazer satânico quando, ao encontrar a casa de um gnomo, fica parado na entrada e sopra seu hálito imundo e quente para o interior, até que toda a mobília, os retratos insubstituíveis e outros bens preciosos sejam contaminados e destruídos. Os gnomos saem pela rota de fuga, é claro, mas precisam recomeçar a vida em outro lugar.

Sabe-se agora que os únicos trolls-gorgolão que se pode encontrar estão muito além dos Montes Urais, e todo gnomo em um raio de pelo menos mil quilômetros é sábio o suficiente para passar bem longe da região.

Troll-Gorgolão

O Gnomo e o Clima

Lamentavelmente, não fomos capazes de entender a arte dos gnomos de prever o tempo. Fazem isso com uma precisão que qualquer meteorologista profissional admiraria. Quando perguntam qual é seu segredo — ou a técnica —, resmungam de maneira vaga alguma coisa sobre "sentir nos ossos" e indicam que "só acontece" ou se referem a uma credulidade (feito superstição de avós), e assim por diante.

No entanto, soubemos que eles aferem a quantidade de umidade no ar e a aproximação de sistemas de baixa-pressão pela posição dos estômatos encontrados no lado inferior das folhas. Uma folha de carvalho tem 58 mil estômatos por centímetro quadrado. Com sua visão aguçada, o gnomo consegue checar se os estômatos estão abertos ou fechados, e assim fazer seus cálculos — sem precisar de qualquer tecnologia humana, é claro.

Gnomos também acompanham de perto o ciclo de onze anos para a produção de manchas solares. Um terceiro auxílio é o estudo de correntes de ar nas altitudes mais elevadas, onde as mudanças no tempo acontecem primeiro. É bastante provável que isso seja feito com a ajuda de pássaros.

Uma grande piada entre eles — sem dúvida só para nos desorientar — foi mostrar o que chamavam de árvore do tempo (*Sertularia cupressina*), que murcha com o tempo seco e revive no clima úmido.

58 mil estômatos por centímetro quadrado

Embora o gnomo saiba cada mudança climática com bastante antecedência e precisão, ele ainda sai na chuva, sob granizo, umidade, calor e frio, afinal, o clima não interfere em nada em sua rotina.

No frio severo, entretanto, ele mantém as mãos aquecidas embaixo da barba. →

Assim que se forma, mesmo que só um centímetro de gelo nos lagos, lagoas ou poças, os pequeninos calçam seus patins — e, se o tempo frio continua, são organizadas corridas.

Por serem muito pequenos, os gnomos correm pouco risco de serem atingidos por raios em dias de tempestade. Caso a tempestade fique muito forte, eles se abrigam embaixo de uma bétula, árvores que não atraem relâmpagos. Gnomos conhecem a velha canção alemã para afastar raios, "O martelo de Thor":

Carvalho não fornece abrigo,
Não fique embaixo do salgueiro,
O pinheiro é sempre um perigo,
Mas a bétula é segura o ano inteiro.

Tal qual os animais, gnomos podem prever uma tempestade com precisão. Esse conhecimento é especialmente importante para eles, que, sem isso, poderiam ser pegos com facilidade e soprados para longe.

Eles também podem prever quando vai nevar. Outro saber necessário pois gnomos são dados a usarem muitas aberturas e buracos no chão, e, se forem obstruídos por neve, outros arranjos precisam ser feitos. (Já foi mencionado que gnomos usam esquis de longa distância depois de uma nevasca.)

Nas montanhas, o gnomo pode prever uma avalanche com a mesma certeza do cabrito-montês, da raposa e do veado.

O único perigo que pode assolar os gnomos no inverno, se estiverem andando ao ar livre – especialmente em terreno montanhoso –, é ser envolvido em uma bola de neve natural descendo a encosta. Muitos gnomos perplexos foram vistos saindo dos restos de uma bola de neve, desfeita ao se chocar contra uma pedra ou um chalé na montanha.

Os Usos de Energia Natural

LINGUETA DA CATRACA

Tão simples quanto genial! Sem barulho, sem cheiro.

A árvore, balançando para um lado e para o outro, mantém a roda da catraca em movimento.

Conectada à catraca, a máquina de martelar tem um eixo que gira para mover os seus martelos.

A árvore tem cerca de 25 metros de altura, então as polias são bem menores do que parecem – na verdade, têm cerca de 12 mm de diâmetro.

RODA DA CATRACA

DISCO DE EIXO

RODA DA
CATRACA
RODA
DE PINOS
MARTELOS
NIVELADORES
para prensar
cascas de árvore
ou sementes cheias
de óleo.

Roda da Catraca
O mesmo método de obtenção de energia é usado para o moinho: para macerar milho ou bolotas, castanhas etc., e para espremer fruta.

A máquina de serrar tábuas

Como ocorre com a máquina de martelar e o moinho, esse equipamento de serrar madeira fica situado em densos arbustos de amoras para que não seja detectado.

É indispensável para a construção de casas e para o trabalho de produção dos gnomos!

As tábuas bonitas e lisas só podem ser produzidas quando há uma brisa constante (ver O Gnomo e o Clima).

Ferramentas

pá serilhada

serrote de mão

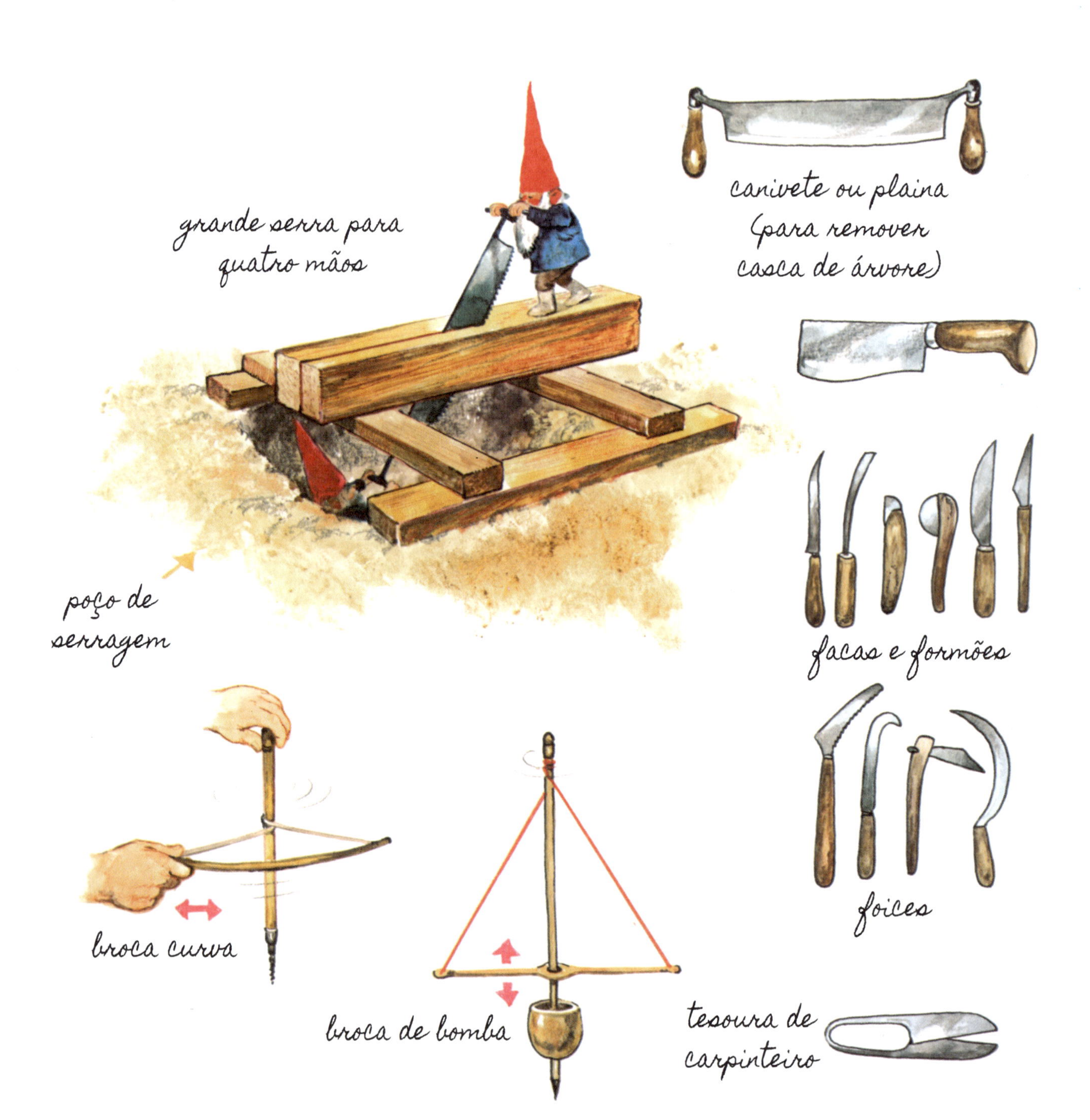

grande pá para
terrenos densos
pá e picaretas
enxadas
machados
concha de fundição
martelos
caixa de ferramentas
com vários alicates
máquina de
bloco de matriz
para "extrair" fios
de ferro e cobre
foles
para forno
de cerâmica

Lendas dos Gnomos

1

Em uma pequena casa no meio de uma floresta escura e ampla vivia um pobre lenhador.

Ele tinha uma esposa, seis filhos e um gato preto caolho, que afastava ratos e camundongos. Ao lado da casinha havia uma horta e até um pequeno canteiro de flores; no celeiro havia duas cabras magras e um porco.

Embora o pai saísse de casa antes do amanhecer e chegasse em casa, exausto, muito depois do pôr do sol, a família mal conseguia viver com os parcos rendimentos de um lenhador. As crianças, sem muita opção, tinham que andar duas horas para chegar à escola. Dispunham de muita lenha e um riacho limpo perto da casa, entretanto a esposa, sempre preocupada, murmurava para o marido:

"Como vamos conseguir criar nossos filhos?"

E o lenhador dava de ombros e dizia que não podia trabalhar mais do que já trabalhava. Não mentia.

Um dia, quando estava chegando em casa ao anoitecer, viu ao longe seu gato saindo da floresta com um rato na boca, mas algo estava estranho: o rato não tinha rabo. Curioso, o lenhador se aproximou do gato, sentado sob um arbusto. O animal fez um ruído ameaçador quando ele se aproximou; contudo, o lenhador não teve medo. Agarrou o bichano pela base da cauda com uma das mãos e, com a outra, apertou sua mandíbula até ele abrir a boca e deixar o rato cair.

"Ora, que coisa...", disse o lenhador. O gato não havia capturado um rato, mas uma mulher gnomo. Morta.

O lenhador já tinha visto um gnomo uma vez, mas nunca uma fêmea. Ele a levou para dentro de casa e limpou algumas gotas de sangue do rosto e das pernas. Sua esposa e os filhos afagaram a coisinha que parecia uma boneca e a deixaram na cadeira ao lado da janela da sala de estar enquanto comiam uma refeição de batatas e gordura de bacon na cozinha. Quando voltaram, a gnomo tinha desaparecido.

"Talvez o gato a tenha levado de novo", disse a esposa, mas o bichano continuava sentado e contrariado embaixo do arbusto lá fora, aparentemente furioso. A família desistiu de procurar pela pequenina e foi se deitar; todos teriam que acordar cedo no dia seguinte.

O lenhador acordou no meio da noite. Algo puxava delicadamente sua orelha. Viu então que havia um gnomo ao lado de sua cabeça.

"Você salvou minha esposa", ele disse. "O que posso fazer para recompensá-lo?"

"Mas ela estava morta, não estava?", o lenhador perguntou sonolento.

"Era fingimento. Felizmente, ainda está cheia de vida. Está com um arranhão aqui, um ou outro hematoma ali, mas vai superar. Só me diga o que quer como recompensa. Tenho aqui uma flautinha. Quando você a tocar, eu volto." E desapareceu!

O lenhador e sua esposa passaram o resto da noite discutindo o assunto, e finalmente decidiram perguntar se poderiam ter três pedidos, como nos contos de fada.

Na noite seguinte, ele soprou a flauta e pouco depois o gnomo apareceu.

"Gostaria de fazer três pedidos", o lenhador anunciou meio tímido, enquanto a esposa revivia o fogo atrás dele. O gnomo ficou um pouco carrancudo, mas finalmente disse:

"Bem, que seja... qual é o primeiro pedido?"

"Quero uma pepita de ouro para não ter mais preocupações com dinheiro."

O gnomo balançou a cabeça. "Posso dar o que quer, mas ouro raramente traz felicidade."

"Não me importo", disse o lenhador.

"E os outros dois pedidos?"

"Ainda não decidimos."

"Bem, é só tocar a flauta quando me quiser aqui novamente", o gnomo falou suspirando.

Na manhã seguinte, na escada da frente da casinha, uma pepita de ouro do tamanho de uma laranja brilhava ao sol. O lenhador a pegou e gritou: "Estamos ricos, estamos ricos!". Depois levou a pepita ao povoado para trocá-la por

dinheiro, mas ninguém ali tinha visto uma pepita de ouro na vida e não sabiam quanto ela valia. O ferreiro aconselhou o lenhador a levá-la a um joalheiro na cidade. O homem partiu imediatamente; no entanto, em vez de seguir pelo caminho mais longo, pegou um atalho através do pântano que lembrava os dias de sua juventude. Quando ia saltitando pelo caminho, admirando a pepita de ouro, escorregou e caiu em um atoleiro, afundando na hora. Tentou voltar à terra firme, mas não conseguiu. Lembrou-se então da flauta. Com uma das mãos, tentou alcançá-la no bolso enquanto segurava a pepita de ouro com a outra. Depois de muito esforço, conseguiu soprá-la emitindo um toque estridente. Já estava afundado até o pescoço quando o gnomo apareceu.

"Tire-me daqui!", gritou o lenhador.

"Esse é seu segundo pedido", avisou o gnomo. Depois levou dois dedos à boca e assobiou; em poucos minutos foi cercado por outros seis gnomos. Usando pequenos machados, eles cortaram uma árvore próxima, que caiu sobre o atoleiro bem ao lado do lenhador, que então conseguiu se erguer para fora da lama e voltar ao caminho de onde tinha caído. Quando olhou em volta, os gnomos haviam desaparecido. Felizmente para ele, ainda segurava a pepita de ouro.

Seguiu seu caminho para a cidade, enlameado e tremendo até as roupas secarem — com isso, reavendo a coragem. Quando encontrou uma joalheria, foi logo entrando. O joalheiro era um homem de aparência distinta; usava avental branco e a armação de seus óculos era de ouro. Olhando intrigado para a enorme pepita de ouro e a aparência desgrenhada do lenhador, o joalheiro pesou o metal. Depois pediu ao "cliente" que esperasse alguns minutos e saiu da loja pela porta dos fundos para informar a polícia. Meia hora depois, o lenhador estava na delegacia.

"E agora diga de onde roubou esse ouro", disse um sargento gordo em tom paternal. O comissário de polícia faria a mesma pergunta uma hora mais tarde, mas em tom menos benévolo.

"Eu não roubei", o lenhador gritou desesperado, "eu ganhei a pepita de um gnomo."

"É claro, de um gnomo...", desdenhou o comissário, que nunca tinha visto um gnomo e nunca veria, porque era uma pessoa muito desagradável. "Nem um grão de ouro foi encontrado neste território em mil anos, mas isso não ocorre a este cavalheiro, não é? Prendam-no!"

Durante os dias seguintes, o lenhador foi interrogado muitas vezes e ameaçado com terríveis consequências se não revelasse a origem de seu ouro. Finalmente, como última tentativa para entender o que se passava, foi examinado por um médico, mas nem ele pôde esclarecer, só relatou que o suposto ladrão continuava balbuciando sobre gnomos.

Nenhuma daquelas pessoas jamais tinha visto um gnomo, todas tinham almas feias demais para tal.

Enquanto isso, a pepita de ouro era mantida no cofre da prefeitura. Depois de uma semana, o lenhador ficou tão infeliz que, uma noite, tocou a flauta. O gnomo apareceu depois de duas horas.

"Minha esposa e meus filhos estão passando fome", disse o lenhador. "Quero sair daqui."

"Esse é seu terceiro desejo", respondeu o gnomo, "mas não se preocupe, cuidei de sua esposa e de seus filhos."

Naquela mesma noite, o gnomo foi consultar um advogado familiarizado com os pequeninos — tinha uma casa de gnomo perto de sua propriedade. No dia seguinte, o advogado procurou a polícia e conseguiu libertar o lenhador por falta de provas. O ouro, no entanto, permaneceria no cofre enquanto investigavam o suposto roubo.

O lenhador voltou contente ao seu trabalho. A floresta nunca pareceu tão espaçosa e livre depois de sua estadia na cela abafada na cidade; ele estava feliz e satisfeito, embora pensasse no ouro com frequência.

Daquele dia em diante, as coisas melhoraram em todos os sentidos. Primeiro, um rico estrangeiro comprou toda a madeira que o lenhador tinha cortado pelo dobro do preço habitual. E em seguida, perguntou se o homem se tornaria seu capataz.

O feliz lenhador ganhou uma casa na periferia de um vilarejo, perto da escola. Passou a ganhar muito mais que antes e suas dificuldades, enfim, foram superadas.

Alguns meses mais tarde, encontrou o mesmo gnomo na floresta.

"E então?" perguntou o pequenino. "Já conseguiu recuperar seu ouro?"

"Ainda não", respondeu o lenhador. "Parece que, neste país, ter ouro é um ato criminoso, mas, mesmo sem ele, meus problemas acabaram."

"Muito bem", concluiu o gnomo, e desapareceu entre os arbustos.

Lendas dos Gnomos

2

Entre as vigas quentes e escuras de um moinho de vento no norte da Holanda, vivia uma família de gnomos. O moleiro os conhecia bem — tanto que, uma vez, salvou a gnomo de ser esmagada pela pedra do moinho. O humano sempre deixava leite e fubá para a família de pequeninos. Em troca, eles vigiavam o fogo e o avisavam sobre tempestades ou ventos se aproximando. Assim, o moleiro conseguia recolher as velas das pás do engenho a tempo de impedir que elas girassem de maneira descontrolada e acabassem provocando um incêndio com a fricção, um risco comum em moinhos de vento.

Se um membro da família do moleiro adoecia, o gnomo era chamado e tocava a testa febril com sua mão enrugada. Cedia de bom grado poderosas ervas medicinais, tratamento que sempre resultava em uma rápida recuperação.

Resumindo, tudo ia bem no moinho de vento, não só no aspecto físico, como no financeiro. O moleiro e a esposa eram esforçados e inteligentes; e é claro, tinham filhos agradáveis.

No entanto, perto dali, viviam homens preguiçosos e menos sábios, cujas esposas tinham pouquíssima responsabilidade financeira. Invejosos, esses vizinhos espalharam o boato de

que o moleiro praticava magia negra, e era por isso que prosperava tanto. Muita gente não deu ouvido a esses comentários, mas o boato persistia entre os descontentes.

Em um desses covis de fofoca morava uma brilhante menina de 11 anos com tranças loiras. Era difícil acreditar que essa menina podia ser filha de pais tão ignorantes e maldosos, mas acontece... Ela sabia tudo que havia para saber sobre animais e plantas e tinha um talento incrível para moldar argila. Doce e paciente, podia-se perceber que ela seria uma bela jovem e mais bela ainda quando se tornasse uma mulher. Ela havia escutado todas as histórias que circulavam pelo povoado, mas, lhe era evidente que a prosperidade do moleiro era fruto da amizade entre os coabitantes (de todos os tamanhos) da fazenda, não havia nada de magia negra. Ela teria dado qualquer coisa pela companhia de um gnomo — o que seria muito difícil; por conta de seus pais, os pequeninos sempre passavam longe de sua casa.

Em uma atividade da escola, a menina moldou um gnomo em tamanho natural em argila, com a ajuda da professora. O ceramista local teve a bondade de ceder o seu forno para a queima da peça. Mais tarde, a menina pintou o chapéu do gnomo de azul (incorretamente, é claro), a blusa de vermelho e a calça e as botas de verde. Ela também construiu um carrinho de mão de madeira e colocou essa peça, dispondo o gnomo entre as flores do jardim da casa dos pais.

Maldosos, os pais debocharam da estatueta, mas não a tiraram de lá. Ao saberem disso, os gnomos do moinho foram dar uma olhada na peça. Ficaram muito emocionados e, como recompensa pelo carinho, levavam um presente para a menina todos os meses. Ao longo dos anos, a doçura e a determinação da garota exerceram tão boa influência que os pais se tornaram menos retrógrados e mais generosos. Por isso — e com uma certa dose de sorte —, também se tornaram prósperos.

Os tolos restantes, no entanto, naturalmente entenderam tudo com muita ignorância e resmungaram entre eles: “Se você tem uma estátua de gnomo no jardim, vai ficar rico”.

Uma tremenda bobagem, é claro. Mas essas ideias se espalham e, desde então, tem sido uma tradição certas casas terem um gnomo no jardim, com ou sem um carrinho de mão.

Lendas dos Gnomos

A fazenda ficava sobre uma elevação ao lado de um dique aparentemente interminável. Mais adiante, ao sul do rio, não havia nada além de um território de pasto e juncos salpicado por pequenas piscinas naturais. Mais além ainda, tudo era de uma solidão tremenda, vista até onde os olhos podiam alcançar.

Havia muitas lebres, perdizes, maçaricos, faisões, ostraceiros, maçaricos-de-cauda-preta, gansos, marrequinhas, cisnes, galeirões e até lontras. Ali, no teto da casa da fazenda solitária, vivia uma família de gnomos.

Como é costumeiro à espécie, quando começou o inverno, o pai gnomo e seus dois filhos, que tinham 80 anos, avisaram às lebres sobre a iminência de inundação e as aconselharam a deixar a região. As teimosas, no entanto, olharam para eles com aqueles grandes e ingênuos olhos e não deram importância ao aviso. Continuaram correndo por ali sem nenhuma preocupação, perseguindo fêmeas e limpando as orelhas.

A água começou a subir no fim de fevereiro. Os dias eram chuvosos e as pessoas que moravam rio acima foram forçadas a construir um vertedouro

no território de pasto e sulco. Juncos secos como rolhas e aglomerados de arbustos de amoras foram inundados da noite para o dia. Tristemente, as jovens lebres foram as primeiras a se afogar. Todas as criaturas aladas buscaram segurança. Já as lebres adultas foram empurradas para o território mais alto, mas, quando essas áreas também foram inundadas, entraram em pânico e também se afogaram — estranhamente, dado que lebres, como todos os quadrúpedes, são excelentes nadadoras.

Por fim, a planície foi transformada em um grande espelho d'água. Via-se apenas uma ou outra copa de árvore, algumas hastes de junco e topos de arbustos aqui e ali. A água impiedosa continuava a subir.

Uma área mais elevada não muito longe do dique, chamada de Vassoura de Bruxa (supostamente bruxas viveram ali nos velhos tempos), tornou-se refúgio para as últimas oito lebres, de 200, que sobreviveram. As dificuldades não se findaram após a enchente: não havia abrigo contra o vento gelado nem para escapar dos olhos dos predadores. Compadecidas, aves aquáticas avisaram aos gnomos sobre a dificuldade das lebres.

Por mais dispostos que os gnomos estivessem a ajudar as amigas teimosas, perceberam que não podiam contar com os humanos: havia um empregado da fazenda pelas redondezas, portando um infeliz rifle de caça.

Naquela noite, os gnomos tiveram a sorte de ver o portão aramado e de madeira de uma cerca passar flutuando. A água, por sorte, estava no mesmo nível do dique, então puxaram o portão para a terra. Com inteligência, aumentaram sua capacidade de flutuação amarrando vigas soltas e galhos embaixo dele, e por volta das três da manhã a jangada improvisada se elevou o suficiente para sustentar um peso considerável na água.

Os gnomos arrastaram a embarcação até um ponto onde o vento noroeste soprava diretamente na direção da ilha das lebres. Acomodaram-se e deixaram o vento levar a jangada. Fazia um frio horrível e se sentiam muito sozinhos em meio aos elementos sombrios e turbulentos. Para se aquecer e acelerar o avanço da jangada que flutuava lentamente, remavam um pouco usando uma tábua solta.

Duas horas e meia depois, chegaram à Vassoura de Bruxa. As lebres estavam molhadas, com fome e agitadas. Corriam de maneira desenfreada, batiam as patas traseiras no chão. Estavam tão assustadas que não ousavam se aproximar da embarcação. Sempre que uma delas pisava no deque, recuava e corria para o outro lado da ilha, onde ficava encolhida e tremendo.

Enquanto isso, a chuva caía sem parar e o vento soprava jatos frios contra ambas as criaturas.

Finalmente, o pai gnomo avisou às lebres com voz retumbante que em duas horas, no máximo, Vassoura de Bruxa estaria embaixo d'água. Era melhor correrem. Enfim reagiram! A primeira a embarcar foi a velha mãe, seguida pelas outras. A última a buscar refúgio foi um macho infestado de carrapatos.

Os gnomos não conseguiam remar contra o vento. No ínterim de convencer as lebres a embarcarem, o noroeste ganhou proporções de tempestade. Tudo que puderam fazer foi arrastar a jangada para o outro lado da ilha e confiar na corrente de ar. Esperavam conseguir aportar em algum lugar. Era um plano incerto, mas o único que podiam pôr em prática. As lebres, que não ofereceram nenhuma ajuda, ficaram sentadas revirando os olhos — perdoadas, no entanto, por estarem entorpecidas pelo medo.

Por sorte, a embarcação começou a se mover com mais velocidade. O vento soprava com força e as oito lebres serviam de anteparo.

Vassoura de Bruxa foi então desaparecendo de vista. Do outro lado da água e além da ilha, as luzes da casa da fazenda, onde havia segurança e calor, foram ficando cada vez menores. Tudo em torno deles era água, escuridão e ondas de crista branca. O vento uivava.

Os gnomos se mantinham bem juntos e, preocupados, tentavam discernir o horizonte que se desmanchava na escuridão. Todos estavam ensopados e congelando de frio.

Horas mais tarde, quando começou a clarear, a terra surgiu diante deles. A jangada aportou na beirada de uma estrada ainda em construção para o dique. Era uma larga e segura mureta de areia desaparecendo ao longe nas duas direções, com muita grama e mato crescendo nela. As lebres desembarcaram e, aliviadas, se afastaram correndo, parando de vez em quando para examinar o novo terreno com seus olhos grandes, assustados. As amigas ingratas não olharam para trás com um "até logo" nem um "obrigado".

Os gnomos consultaram os mapas secretos que tinham levado e planejaram a rota de volta à fazenda. A jornada teria que ser feita à luz do dia, pois não havia abrigo nem casa onde se esconder.

No entanto, ninguém viu os diminutos avançando rapidamente em sua longa caminhada, nem mesmo quando passavam por fazendas e casas (tinham técnicas especiais para isso). Por sorte, ainda havia nuvens baixas e escuras no céu, e às vezes chovia, ajudando bastante a jornada.

Chegaram em casa à tarde, comeram muito e dormiram por doze horas embaixo dos cobertores mais confortáveis do mundo.

Lendas dos Gnomos

4

Esta história é muito apreciada e contada na Cracóvia, Polônia. Na periferia da cidade morava uma mulher chamada Tatjana Kirillovna Roeslanova. Aos 70 anos, ainda tinha um nariz reto e cabelos brancos e brilhantes, repartidos ao meio. O marido havia morrido e ela não dispunha de recursos; para ajudar, tinha sido exilada de Moscou pela polícia secreta. Ninguém podia empregá-la; então, para ganhar a vida, comprou uma vaca com o dinheiro que ganhou de certos amigos secretos.

Em dado momento, Tatjana fez algo que as autoridades soviéticas preferiam não ver, mas toleravam por necessidade. Ela fornecia leite a dez casas na periferia da cidade — para pessoas que, de outra maneira, teriam que percorrer uma distância muito grande para comprar leite, não podendo tomá-lo fresco quando voltassem. Morava em uma choupana no meio de uma pequena horta e passava os dias levando a vaca para pastar ao longo da estrada.

Sua única forma de sustento não era inovadora, havia centenas de milhares desses negócios de uma vaca só na Rússia. As consequências econômicas de inviabilizá-los seriam tão grandes que o governo fazia vista grossa.

Tatjana levava a vaca para pastar durante o dia, sempre muito carinhosa com ela, e à noite, em um canto da choupana, a ordenhava. No outro lado do casebre, atrás de um pano preto, havia vários ídolos e artigos religiosos contrabandeados de sua grande casa em Moscou e para os quais rezava todos os dias. A vaca dava 20 litros de leite diariamente. Havia, contudo, um período de seis semanas de seca, quando estava esperando seu bezerro (todos os anos a mimosa era enviada para um touro que pertencia a um fazendeiro solidário para reproduzir), e Tatjana tinha que sobreviver esticando os lucros do ano inteiro nesse período.

Apesar de já ter sido uma dama de posses, aceitava sua condição atual e fazia dela a melhor possível. Sempre procurava novas estradas, os melhores pastos para sua vaca, mas costumava voltar para casa pelo mesmo trecho de mata densa não muito distante de sua choupana. No centro da floresta, havia algumas pedras grandes e, embaixo delas, moravam duas famílias de gnomos com filhos quase adultos. Todos os dias, Tatjana parava na floresta e retirava uma pequena jarra, do tamanho de meio pote de geleia, debaixo de um arbusto. A mulher a enchia com uns poucos jatos de leite e a devolvia ao esconderijo. Nada a impedia de fazer a gentileza, nem durante o escaldante verão russo nem no inverno rigoroso, cheio de neve, neblina ou chuva. E todas as manhãs, a jarra estava no mesmo lugar, vazia e perfeitamente limpa.

Uma noite, enquanto fechava as pequenas persianas de sua choupana pelo lado de fora, Tatjana caiu e quebrou o tornozelo. Arrastou-se para dentro de casa, mas não conseguiu fazer mais nada. No dia seguinte, ordenhou a vaca, mas, à noite, apesar de Tatjana ter dado a ela todo o pão que havia em casa, o animal mugia de fome.

No dia seguinte, uma espécie de ambulância parou diante do casebre (felizmente, um dos clientes de Tatjana havia notificado o serviço de saúde das redondezas). Um médico carrancudo examinou seu tornozelo rapidamente e, com a ajuda de um auxiliar, a levou ao hospital.
A mulher implorou para que fizessem alguma coisa pela vaca, mas eles a ignoraram e seguiram viagem. Nenhum dos vizinhos se atreveu a interferir por medo da polícia.

No hospital, Tatjana chorou de tão aflita pela vaca. Todos a quem pedia ajuda balançavam a cabeça ou davam de ombros. Seu tornozelo precisou ser imobilizado com gesso e a informaram que teria que permanecer internada por oito semanas, a fratura era complexa demais. Tatjana estava muito preocupada com a vaca, mas logo recebeu notícias de casa.

Assim que o sol se pôs no segundo dia depois do acidente, a porta da choupana se abriu, a vaca saiu e seguiu um gnomo, que a levou às melhores regiões de pasto ao longo da estrada. Pouco antes do nascer do sol, voltou de barriga cheia.

Enquanto isso, todas as garrafas vazias foram recolhidas na casa dos clientes de Tatjana, com o dinheiro deixado para pagar pelo leite do dia seguinte. Na choupana, a vaca era ordenhada pelos dois gnomos mais fortes e as garrafas cheias eram levadas de volta aos respectivos endereços quando o sol começava a se erguer.

Semanas depois, quando Tatjana voltou para casa com o tornozelo imobilizado por um gesso menor, chorou de novo, mas dessa vez de felicidade e gratidão. Lá estava a vaca, a própria imagem da saúde, e ao lado do antigo samovar em cima da mesa de madeira notou o montante da venda do leite durante as oito semanas e dois dias em notas perfeitamente empilhadas.

Quando foi para a cama naquela noite, pensando em como poderia mancar pela estrada no dia seguinte, pensou alto sobre não poder ir muito longe.

"Não vai ser necessário", disse uma voz atrás dela. Quando se virou, viu cinco gnomos atrás de sua cama simples.

"Viemos buscar a vaca", disse o mais velho, olhando com ar crítico para seu pé imobilizado. "Não vai poder percorrer longas distâncias nos próximos dias. Durma e nós cuidaremos do resto. Esperamos que não se incomode se enchermos nossa jarra."

No mesmo instante, os outros foram correndo reunir as garrafas vazias, e o gnomo mais velho, pigarreando, levou a vaca para fora da casa.

Lendas dos Gnomos

5

Todo mundo sabe que um incêndio na mata, provocado depois de um longo período de seca, pode ser desastroso para humanos, animais, gnomos e para a própria região. O que ninguém sabe, no entanto, é que muitos desses incêndios acontecem e não resultam em devastação.

Guardas e moradores das florestas sempre encontram locais onde pequenas queimadas arderam por um breve período e, de maneira misteriosa, foram extintas, às vezes muito perto de uma área perigosamente inflamável de vegetação ou solo seco.

Ninguém sabe ao certo como os gnomos apagam esses fogos. Talvez acendendo um pequeno contrafogo (método indígena), ou quem sabe perfurando rapidamente o solo até uma corrente subterrânea... O fato é que continuamos completamente alheios a outros métodos utilizados.

Lendas dos Gnomos

Um velho escritor sentia que sua morte se aproximava. Vivia na Noruega, em uma cabana baixa com paredes cobertas de livros na região de Lillehammer, ao lado da encosta de uma montanha.

Próximo à janela, de onde se via o vale, havia uma mesa grande com papéis, revistas, tomos de poesias, tinteiros, canetas, velas e mais livros, cuidadosamente empilhados.

Uma noite, bem quando o sol se punha, o escritor saiu de sua cama e foi sentar-se à mesa. Olhou para o vale sossegado com o lago ao longe, pensando em como morava tranquilamente ali há muitos anos. Rememorou quantos livros escreveu e refletiu sobre como logo tudo estaria acabado. Interrompendo os seus pensamentos, um gnomo saltou sobre a mesa, sentou-se na frente do escritor e cruzou as pernas. O humano o cumprimentou com muita alegria.

"Conte-me outra história", pediu ao gnomo envelhecido, que segurava seu relógio de prata junto da orelha. "Não consigo pensar em mais nenhuma, fiquei velho demais."

"E eu também não sei mais nenhuma", o gnomo respondeu. "Você já escreveu todas as histórias sobre este país. Enriqueceu com elas."

"Ah, conte-me só mais uma. Minhas mãos estão tão cansadas, quase não consigo mais escrever", suspirou o escritor. (Mesmo assim, deixou lápis e caderno ao alcance da mão.)

"Muito bem, então", concordou o gnomo, mudando de posição e olhando para fora. "Está vendo aquele grande salgueiro-chorão lá longe, na margem do lago? As pontas dos galhos estão sempre na água. Vou lhe contar o porquê.

"Há muito tempo, em uma noite escura, trolls da montanha trocaram a própria filha bebê pela filha de um fazendeiro rico, sequestrada enquanto todos dormiam. No dia seguinte, os pobres pais não conseguiram entender por que a pele da filha tinha se tornado tão escura de repente ou por que seus olhos pareciam groselhas negras. Contudo, no fundo da floresta, os trolls exultavam com os olhos azuis, o cabelo loiro e a pele macia da criança roubada. Sapateavam e dançavam em círculo de tão contentes.

"A criança troll cresceu e se tornou uma moleca soturna e selvagem, só fazia coisas feias e maldosas. Não amava ninguém e ninguém a amava. Um dia, no entanto, desapareceu e nunca mais foi vista.

"Mas, na floresta, a filha do fazendeiro se tornava mais doce e adorável a cada ano, apesar das grosserias e maldades à sua volta. Quando tinha 17 anos, foi avistada por Olav, um jovem empregado da fazenda, que, aliás, dormia próximo a mim no estábulo de uma casa de fazenda no vale. Por conta do inverno que se aproximava, o rapaz trazia algumas vacas perdidas do prado no alto da montanha. Nessa ocasião, viu a filha do fazendeiro varrendo o chão na frente da caverna em que morava com a "família", sempre sob os olhos vigilantes da velha mãe troll. Escurecia, mas Olav pensou que nunca tinha visto nada tão radiante e lindo quanto a moça e, naturalmente, apaixonou-se no mesmo instante. Ao tentar se aproximar, a mãe troll puxou a menina para dentro e trancou a porta.

"De volta ao estábulo, Olav perguntou se eu poderia ajudá-lo. Prontamente aceitei e partimos naquela mesma noite. Chegando à colina dos trolls, vimos um riacho fluindo dela. (A água que os abastecia corria atravessando toda elevação que esses seres medonhos habitavam.) Com uma varinha mágica, encontrei a fonte de água do outro lado da colina. Então cavamos um buraco e, assim que encontramos água, Olav me pôs em um sapato de madeira. Com todo cuidado, flutuei para dentro da abafada caverna troll.

"Eu me escondi no sapato de madeira em um canto escuro da caverna e esperei até as criaturas saírem para cometer seus crimes hediondos noite afora na floresta. Como é de se imaginar, antes de sair, trancaram a menina em uma alcova secundária, fechando a porta principal por fora. Ficamos só a menina e eu no covil fedido e sombrio. Assim que senti que era seguro, soltei a jovem e disse: 'Você não é troll! Lá fora tem alguém que vai combinar muito mais com você'.

"Ela reagiu chocada e hesitou, mas por fim me seguiu. Liberta, viu o gigante (para mim) loiro Olav e se apaixonou por ele no mesmo instante, da mesma forma que ele havia se apaixonado por ela.

"Fugíamos o mais rápido possível, mas ainda estávamos no fundo da floresta. Por uma infelicidade, antes que pudéssemos nos safar de vez, os trolls descobriram que tínhamos roubado seu tesouro. Conseguiram nos alcançar, bateram em Olav até ele ficar todo roxo e levaram a menina de volta. Não pude fazer nada.

"Uma semana depois, tentamos de novo. Para a nova tentativa, Olav levou um cavalo emprestado do fazendeiro para quem trabalhava. Pela segunda vez, naveguei os riachos subterrâneos para o interior do antro troll. Dessa vez, no entanto, a velha mãe troll estava de guarda. Quando a megera deu as costas para a panela de mingau que estava preparando, joguei ali uma boa dose de poção do sono. Dez minutos depois, ela roncava alto. Claro, gesticulei para a menina avisando para não comer o mingau.

"Novamente, corremos para casa pela floresta. Mas, a cavalo, foi muito mais rápido. Mesmo assim, os trolls nos alcançaram quando estávamos próximos à orla. De novo, agrediram Olav quase até a morte e levaram a menina de volta ao cativeiro. Nem o pobre cavalo se safou e foi tomado também. Mais uma vez, não houve nada que pudéssemos fazer. Mesmo que Olav fosse forte, os trolls eram mais.

"Três semanas mais tarde, nevou. Para a terceira tentativa de resgate, convoquei duas renas para nos ajudar. Na caverna dos trolls, tive que esperar metade da noite, pois, veja bem, não só a mãe troll estava de guarda como o pai troll também! Depois de um tempo, pude despejar poção do sono no mingau das bestas-feras em quantidade suficiente para que adormecessem depressa.

"As renas nos transportaram velozes em um pequeno trenó por caminhos pouco conhecidos, em direção a um lago. Os trolls nos perseguiram, mas tivemos a sorte de chegar à beira dele em meio à nevasca. Eu sabia onde havia um velho barco de pesca ancorado e logo o encontramos. Soltamos o trenó, agradecemos às renas e as mandamos de volta ao rebanho. A água estava prestes a congelar, mas Olav e a

garota entraram no barco e começaram a remar; eu esquiei de volta para casa pela margem do lago. Nada poderia acontecer. Trolls não têm poder sobre nós quando estão fora de sua caverna. O sol estava quase nascendo, os últimos flocos de neve caíam, o céu se abriu e, a leste, adquiriu uma coloração amarela e vermelha.

"Quando o barco já estava a uma boa distância da margem do lago, os trolls finalmente chegaram ao cais. Gritaram e praguejaram, mas Olav remava com afinco em direção ao outro lado, não podiam ser alcançados, estavam seguros. Os trolls não tinham muito tempo: quando são atingidos pelo sol, viram pedra. Em um último ato de desespero e fúria, o troll mais forte pegou uma pedra enorme e a arremessou na direção do casal. A pedra não atingiu o barco, mas caiu tão perto dele que o virou. A sucção arrastou a menina para o fundo e, de forma terrível, ela se afogou. Olav passou horas mergulhando para tentar encontrá-la, mas não teve sorte. Profundamente deprimido e enfim derrotado, nadou para a margem.

"Como esperado, o rapaz ficou inconsolável. Todos os dias ia até a beira do lago e ficava no mesmo lugar, olhando para a água. Nunca se interessou por outra garota. Mesmo quando ficou tão velho que não podia mais trabalhar, continuou voltando ao lago diariamente. Passava o dia todo à margem; tão imóvel que galhos brotaram de sua cabeça e raízes nasceram em seus pés. Então ficou lá para sempre. Essa é a história daquele salgueiro-chorão. Até mesmo hoje seus galhos tocam a água em uma tentativa de encontrar a amada."

O gnomo olhou para trás. O velho escritor estava imóvel. Sua cabeça branca descansava sobre o caderno em cima da mesa. Falecera. O pequenino sorriu com carinho e se aproximou dele. Fechou os olhos do escritor e leu o que estava escrito no papel. As últimas palavras eram: "Então ficou lá para sempre".

Ele então puxou o caderno de baixo da cabeça do escritor morto, soltou com cuidado o lápis de seus dedos enrijecidos e escreveu as últimas frases da história.

Lendas dos Gnomos

A noroeste de Västervik, na Suécia, onde a estrada se divide e começa uma grande floresta de alces, existe uma igreja dilapidada. O pequeno cemitério bem próximo a ela tem mais mato do que túmulos. Depois de remover o musgo da lápide de um desses jazigos, conseguimos ler a seguinte inscrição:

Aqui jaz
SIGURD LARSSON
Nascido em 24 do mês do feno de 1497
Morto em 30 do mês do verão de 1550

Somente os gnomos sabem que no túmulo sob essa lápide não há corpo algum.

Sigurd Larsson era um rico fazendeiro, dono de uma enorme propriedade que o deixava mais abastado a cada ano. Era um homem grande, muito desagradável, com uma disposição cruel, rosto grosseiro e voz alta. Gritava com tudo e todos. Ele comandava os empregados da fazenda de maneira implacável e os castigava com chicotadas até pela menor infração. As ordenhadoras eram obrigadas a dormir ao relento ou no galpão do feno. Era surpreendente que ainda tivesse empregados, mas, caso alguém tomasse coragem e pedisse demissão, o influente Larsson tomava providências para que essa pessoa nunca mais encontrasse trabalho.

Todos na enorme fazenda cuidavam de suas obrigações em silêncio e tentavam ao máximo ficar fora do caminho de seu patrão — o que não era de muita ajuda, pois tinha o hábito cruel de criar falsos crimes só para poder punir alguém. Por exemplo, uma vez escondeu algumas moedas de ouro, depois fingiu pegar o suposto ladrão quando elas apareceram. Muitas vezes, varria sujeira para baixo dos tapetes a fim de punir as moças da limpeza. Um dos passatempos favoritos de Larsson era se esconder na casa de verão no centro da grande propriedade e espiar os trabalhadores que cuidavam da terra. Como sempre, ele os punia se não tivessem se esforçado o suficiente, de acordo com seu juízo de valor.

Sua maior, e talvez única, satisfação era contar e ler notas promissórias. Tinha um armário cheio delas, todas assinadas por pequenos agricultores, famílias pobres e moradores da região. Era um hábito próprio escrever cartas todas as noites para convocar os miseráveis desafortunados à fazenda e pressioná-los para pagarem-no ou, ao menos, atormentá-los para assinarem novas notas promissórias com juros exorbitantes.

E assim a vida se arrastava na propriedade: vista por fora, prédios e mais prédios feios e cinzentos distribuídos em uma vasta planície; por dentro, aflição, ressentimento e amarga tristeza. Nos estábulos, no trabalho e nos lugares onde dormiam, as pessoas resmungavam pragas e queixas — mas só para ouvidos confiáveis: Larsson, astuto como era, tinha espiões entre os trabalhadores.

Um desses ouvidos confiáveis era o do gnomo da fazenda. Noite após noite, ele ouvia paciente às queixas de um e outro, dando conselhos quando podia. Vez ou outra, procurava Sigurd Larsson e tentava interceder por alguém, mas o cruel fazendeiro só dava risada — isso quando não jogava um tinteiro ou uma xícara de café na sua direção.

O gnomo sempre se comportava de um jeito muito digno e só dizia: “Espere só, Sigurd, chegará o dia em que você implorará de joelhos por minha misericórdia”. Em ocasiões como essa, o homem ensandecido tentava agarrar o gnomo. Nunca conseguia, pois o pequenino se posicionava para escapar o mais simples e rápido possível por uma fresta conhecida na parede.

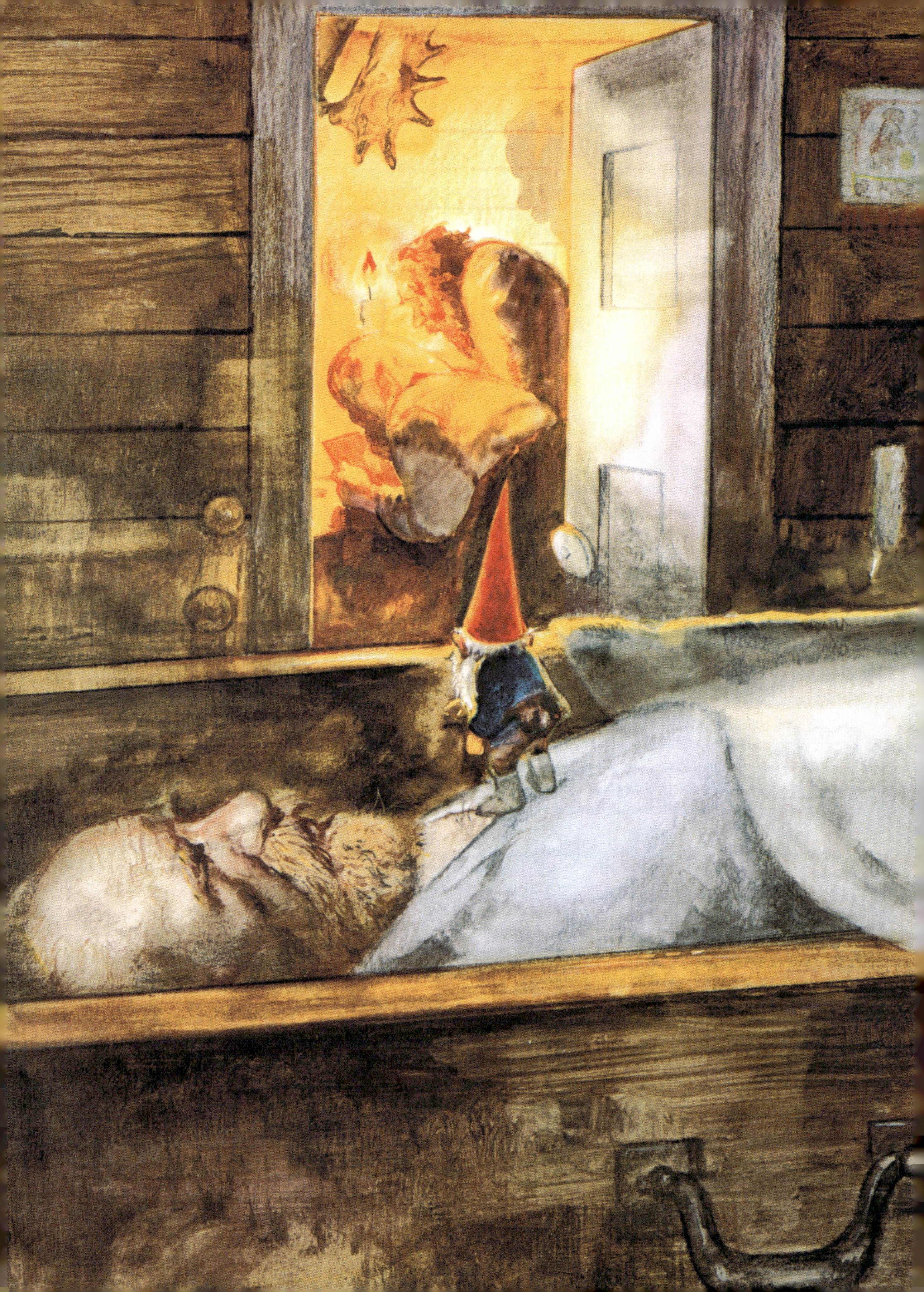

Anos se passaram, mas algo começou a mudar lentamente no corpo grande e forte do fazendeiro. Havia momentos em que se sentia cansado e dores assolavam seus braços e pernas — algo inédito para ele. De início, apenas resmungava um palavrão e fazia alguma crueldade para mostrar que ainda era o velho Larsson. Contudo, seu estado piorou em poucos meses e começou a emagrecer. Primeiro mandou chamar um médico, depois um cirurgião, e, por fim, um especialista em ervas. Nenhum deles conseguiu diagnosticar seu caso, apesar de todo o estudo. Seu único alívio era o montante de dinheiro que ainda ganhava com a fazenda.

Depois de oito meses, seus olhos estavam fundos, a barriga côncava, braços e pernas eram finos como ramos de bétula e o infeliz não conseguia andar por mais de dez minutos sem ficar cansado. Por fim, decidiu ir a Estocolmo e Uppsala, mas os estudiosos, professores e acadêmicos por lá apenas balançavam a cabeça, dizendo que não havia nada que a ciência pudesse fazer para curá-lo.

Depois de seu retorno, o gnomo não visitou Sigurd por um mês. Uma noite, no entanto, apareceu bem sorrateiro quando o fazendeiro, fraco e desanimado, mas ainda cruel, revia suas notas promissórias.

"Sigurd", disse o gnomo, "você vai morrer."

O fazendeiro levantou a cabeça assustado e olhou para o pequenino. Considerou jogar um livro nele, a fim de matá-lo, já que estava sentado despreocupado à beirada da mesa. Em vez disso, Larsson apenas disse: "O que sabe sobre isso?".

"Tudo", respondeu o gnomo. "Sei até qual erva pode trazer sua cura."

E desapareceu.

Uma semana depois, voltou e disse: "Um demônio está roendo seu sistema nervoso e fazendo seus músculos desidratarem. Eles estão ansiosos para receber você no inferno e queimar sua alma perversa!".

"Espere", gritou o fazendeiro, mas o gnomo se fora.

Na semana seguinte, reapareceu e disse: "Tenho uma poção mágica que pode tirar o demônio daí, mas você não a terá". E mais uma vez sumiu de vista.

Na terceira semana, quando o gnomo retornou, Sigurd, destituído de todo seu orgulho, ajoelhou-se e implorou: "Ajude-me! Eu lhe dou tudo que quiser".

Era só pele e ossos depois de tanto tempo sendo acometido pelo demônio, mal conseguia se mover.

O gnomo negou a súplica dizendo: "Vai ser uma bênção quando o mundo estiver livre de você. Mas antes deve sofrer um pouco mais".

Pouco tempo depois, a doença insidiosa fez o coração de Larsson trabalhar cada vez mais devagar até quase parar.

Então, em uma manhã, o calhorda não acordou, sendo encontrado pelo barbeiro, que anunciou sua morte. O sacerdote, não podendo fugir ao próprio ofício, rezou sobre o corpo, pelo descansar e pela paz de sua alma. Como esperado, todos enfim respiraram aliviados.

Contudo, o fazendeiro não estava morto. Só parecia estar. O coração batia tão devagar e a respiração era tão leve que o barbeiro não os percebeu. Larsson, quase paralisado completamente, ouviu tudo e conseguia enxergar coisa ou outra por entre as pálpebras quase cerradas.

Por um dia e meio, ficou na sala mortuária da propriedade. Empregados e criadas prestaram suas "homenagens" praguejando e fazendo caretas ao suposto defunto.

Na noite anterior ao funeral, o gnomo apareceu ao lado do caixão e disse a Larsson: "Está ouvindo esse barulho na sala ao lado? São sua esposa e o capataz. Arrombaram o armário e estão rasgando suas amadas notas promissórias".

No dia seguinte, o vil fazendeiro viu a luz desaparecer quando fecharam a tampa do caixão. Com um medo mortal no coração, sentiu o solavanco do ataúde sendo carregado. Queria gritar e bater na tampa, mas não conseguia reagir. Estava completamente paralisado. Um pouco mais tarde, ouviu baques abafados quando pás de terra foram jogadas sobre o caixão. O som da voz do sacerdote e os murmúrios dos presentes foram ficando cada vez mais distantes. Larsson nunca sentiu tanto medo. Quando o coveiro terminou seu trabalho, as pessoas rumaram para casa dizendo: "Ele era um canalha. Que sorte estarmos livres dele".

Naquela noite, oito gnomos se reuniram em volta do túmulo. Cavaram a terra sobre o caixão com suas pás e abriram a tampa. O gnomo da fazenda despejou algumas gotas de um frasco entre os lábios pálidos do fazendeiro. Larsson sentiu de repente um poder intenso inundando seu corpo e conseguiu abrir os olhos.

"Essa é a poção de cura", disse o tal gnomo. "Mas, antes de o curarmos, você tem que prometer que nunca voltará aqui. Se estiver de acordo, pisque três vezes."

Sigurd assim o fez. O pequenino então despejou mais algumas gotas entre seus lábios.

"Terá sua segunda chance em uma floresta bem longe daqui, trabalhará como lenhador por lá. Agora prometa."

O homem obedeceu. Com a promessa feita, seu coração começou a bater mais depressa, fazendo o sangue circular. Conseguiu até levantar a mão.

"Vai precisar usar esta poção pelo resto de sua vida", o gnomo avisou. "Vamos pedir aos nossos irmãos na floresta para levá-la até você a cada três semanas. Não tente voltar escondido. Não o salvaremos se o fizer."

Depois, esvaziou o frasco na boca do fazendeiro. Sigurd sentou-se trêmulo e então se levantou, ficando de pé no caixão. Mal podia acreditar que estava vivaz novamente. Ao sair do túmulo, respirou o ar frio da noite. Não sabia dizer se foram os vapores do frasco ou seu estado enfraquecido, mas, um pouco mais tarde, recobrou os sentidos e se viu sentado ao lado de uma fogueira, em uma floresta irreconhecível, provavelmente muito distante de sua antiga casa. Aos poucos, sua força retornou e viveu por mais vinte anos — em grande pobreza, claro, mas grato por estar vivo.

Três dias depois do funeral do falecido patrão, a lápide com uma inscrição foi posta sobre seu túmulo. Os gnomos, sempre caprichosos, fecharam-no novamente com todo cuidado.

Na fazenda, não houve mais sovas ou advertências; pelo contrário, todos trabalhavam com prazer e sentindo-se bem como nunca. A esposa de Larsson demonstrou ser uma boa patroa, na qual as pessoas podiam confiar. Risadas voltaram a ecoar na propriedade, as meninas cantavam e dançavam com liberdade em tempos de festividades.

Por fim, a casa de verão não foi mais usada para espiar as pessoas, tornou-se um excelente espaço para alegres festas nas noites de sábado e longos domingos de calma com muita comida e bebida.

Lendas dos Gnomos

O norte da Sibéria é coberto por uma floresta chamada Taiga, muito esparsa e com metade do tamanho da Europa. Na região, também há cadeias de montanhas, descobertas apenas em 1926, nas quais foram encontrados mamutes perfeitamente preservados.

No inverno, há somente três horas de luz diurnas e as temperaturas giram em torno dos -55 graus Celsius; de maneira surpreendente, nessas condições inóspitas, as luzes do norte oferecem um espetáculo de beleza estonteante.

Animais naturalmente adaptados ao clima habitam a área: raposas, pequenos esquilos cinza, linces, visons, martas, lobos, ursos, renas e pôneis selvagens de pelo longo. Gnomos fortes com grandes membros e olhos penetrantes também vivem na Taiga; diferente dos gnomos da floresta, não são sempre adoráveis e podem até ser cruéis se aborrecidos. Esses gnomos muitas vezes pregam peças nos caçadores que, devido à natureza de seu trabalho, passam longas semanas andando pela floresta gelada. Esses (não tão) pequeninos alteram rastros de animais, causam avalanches, removem marcos de trilha, imitam as vozes de animais selvagens à noite e os avisam quando caçadores se aproximam.

Ao norte de Oymyakon morava um gnomo chamado Kostja, muito mais ardiloso que os outros. Gigantesco que só, tinha quase o dobro do tamanho dos gnomos da floresta. Por onde andava, principalmente pelas redondezas de seu território, fazia todos tremerem de medo.

Se descobria caçadores em seu terreno, logo os abordava e exigia que pagassem uma multa: suas melhores peles de animais. Se os humanos hesitavam, ameaçava adoecer suas renas ou empurrá-las de um penhasco, sabendo muito bem que os caçadores dependiam delas para sobreviver.

Em um dado momento, tudo isso chegou ao conhecimento do rei gnomo siberiano. Uma enxurrada de queixas tinha chegado à corte, juntamente à má fama do gnomo perverso. O rei então decidiu que era hora de dar uma lição no patife. Antes, convocou uma dupla de anciões e sábios gnomos para criar um plano; eles conversaram durante um dia e uma noite até concluí-lo. Decidiu-se que o mais jovem e mais esperto dos dois seria enviado para fazer o serviço.

Primeiro, o gnomo procurou os pôneis selvagens e conversou com o líder garanhão. Uma hora depois, uma dezena de pôneis velozes partiu para o sul e formou um gigantesco meio círculo. Deveriam agir como olheiros e sentinelas; assim que um deles visse um caçador entrando no território do gnomo ardiloso, deveria alertar o líder equídeo. Enquanto isso, o sábio gnomo foi a galope até o ninho de uma coruja. Então retornou ao semicírculo de pôneis com a amiga alada.

Depois de dois dias de espera, os pôneis sinalizaram a chegada de um caçador cavalgando uma rena, que rumava para o norte. O gnomo agradeceu a eles e os mandou para casa, ficando na companhia apenas do garanhão e da coruja. Seguiram os rastros do caçador na neve e esperaram até ele montar acampamento para passar a noite. O gnomo então apareceu em sua barraca para lhe falar. O homem disse que seria um prazer colaborar com eles para castigar o gnomo maldoso, pois tinha ouvido muitas histórias desagradáveis sobre ele. Depois de dar as instruções ao caçador, o gnomo voltou à corte levado pelo garanhão.

Na noite seguinte, depois de o caçador armar sua barraca novamente para pernoitar, Kostja apareceu e, como de costume, exigiu uma pele.

“Sim, sim”, respondeu o caçador. “Aqui, pode levar a melhor que tenho, um vison de excelente qualidade.”

O gnomo se prestou somente a rosnar desconfiado, mas pegou a pele mesmo assim e desapareceu na floresta.

Dois dias mais tarde, ao anoitecer, a criatura horrenda acidentalmente passou pelo mesmo lugar e ficou muito surpresa ao ver a mais linda pele de raposa pendurada em um galho sobre o local onde antes estivera a barraca. O gnomo se manteve afastado, à espreita, olhando para a pele em silêncio por meia hora. Depois deu três voltas em torno dela, estudando-a com desconfiança. Finalmente, decidiu que estava tudo certo para tomar a bela pele para si. O caçador devia tê-la esquecido. Certamente, um caso de pura sorte.

Em sua ganância, Kostja não viu a coruja espremida contra o tronco de um pinheiro perto dali; começou a subir na árvore para pegar a pele de raposa. Era um tronco praticamente todo liso, com pouquíssimos galhos, e o gnomo teve que usar mãos e pés para não escorregar. Quando estava na metade da subida, a coruja voou de repente e arrancou o chapéu de sua cabeça. O gnomo gritou, tão furioso que escorregou do tronco e caiu no chão com um baque. Era tarde demais: a coruja voava alto sobre as árvores em direção ao palácio, levando o chapéu em suas garras.

A noite gelada não era nada agradável para um gnomo de cabeça descoberta, para Kostja não era diferente. A única coisa que podia fazer era puxar a gola do casaco sobre a cabeça congelada e correr para casa. Passou uma semana recluso de tão furioso que estava, infernizando a vida da pobre esposa. Podia ter feito um chapéu novo com alguma pele das que guardava em casa, mas um chapéu é um bem insubstituível para um gnomo; irremediavelmente queria o seu de volta, quaisquer que fossem as medidas necessárias.

Kostja era maldoso, mas não era burro. Sabia que essa história não era só o que parecia. Mesmo assim, dez dias se passaram antes que reunisse coragem para cobrir a cabeça com dois lenços da esposa e, resignado, apresentar-se ao rei. Sua aparência sofrera com a humilhação, tinha até emagrecido.

Quando chegou à corte, naturalmente foi recebido com frieza. Esperou por três horas, até o rei e seu conselho o receberem em audiência. O gnomo soberano estava sentado sobre um palanque. Era menor que Kostja, mas tinha um ar de autoridade absoluta. Lá, aos pés do rei, estava seu chapéu.

“Espero que isso tenha lhe ensinado uma lição, Kostja”, ele disse. “Nenhum de nós é um anjo, mas seu comportamento deixou muito a desejar. Pode pegar seu chapéu de volta desde que ofereça todas as suas peles ao primeiro caçador que encontrar. Estamos entendidos?”

“Sim”, murmurou o gnomo culpado.

O rei pôs um pé embaixo do chapéu e o chutou para cima, para os braços de seu igual.

"Coloque-o lá fora. Pode ir."

O enorme gnomo se sentia muito pequeno. Deu meia-volta, passou pela porta, saiu do palácio e fez o que havia prometido. Bons ou maus, gnomos sempre cumprem com a sua palavra.

Lendas dos Gnomos

Era fim de janeiro. Soprava um forte vento nordeste e o termômetro marcava 30 graus negativos. Tudo nos campos e na floresta estava congelado, limitando ao mínimo as atividades ao ar livre dos gnomos — exceto, é claro, quando alguém precisava de ajuda.

Em suas casas aconchegantes e seguras sob as árvores, jogavam e contavam histórias. Imp Rogerson pensava em alguma coisa nova todas as noites para se entreterem. Seu bisavô conhecera Wartje, o ourives mágico que se atrevia a fazer de tudo um pouco, e contara histórias sobre ele ao filho, que as contara ao filho, que as contara a Imp.

Certa noite, as filhas gêmeas do gnomo, cansadas e sonolentas de tanto brincar, sentaram-se aos pés do pai e pediram que contasse uma nova história sobre Wartje.

"Já contei como ele recuperou o ouro e as pedras preciosas que um dragão havia roubado e as devolveu aos elfos de Thaja?"

"Sim."

"E como, para salvar a vida de uma menininha humana, ele colheu uma erva de uma ilha na Sibéria que era guardada por um dinossauro feroz?"

"Sim."

"E como, durante uma tempestade, ele corajosamente escorregou de cima de uma águia-pescadora e caiu no meio do lago enfeitiçado de Warnas, levado à margem por uma carpa cega?"

"Sim."

"E como ele foi capturado pelos trolls?"

"Não."

"Pois bem. Wartje estava sempre se indispondo com os trolls. Como era muito esperto, as criaturas horrendas não o suportavam. Vocês lembram que ele tinha três casas para realizar suas diversas tarefas, certo? Uma na Polônia, uma em Ardenas, na França, e outra na Noruega. Costumava ter problemas com os trolls invejosos quando estava nessa última. Vocês podem se perguntar como Wartje fazia para habitar as três propriedades e transitar entre elas. Como um típico gnomo, tinha amizade com muitos animais, em especial com uma grande raposa, mais veloz que o vento. Cavalgando o belo animal, em menos de uma noite, conseguia ir de uma casa à outra — inclusive com a esposa e as ferramentas de ourivesaria na garupa vez ou outra.

“Uma vez, quando Wartje estava na Noruega, os trolls cavaram um buraco ao lado de um caminho que ele costumava usar — o que bem aconteceu noites depois. O gnomo astuto e sua raposa faziam uma longa e cansativa viagem, e estavam ambos famintos.

“Assim que eles se aproximaram da armadilha, a raposa sentiu um forte odor de rato e logo correu para o buraco — Os trolls haviam esmagado vários dos roedores com seus dedos imundos e os espalhado nas paredes do fojo.

Antes que os dois percebessem, estavam presos na armadilha. Evidentemente, Wartje estava cansado demais, só assim para ser enganado dessa maneira. No entanto, nada podiam fazer. Os trolls os levaram por uma passagem subterrânea para o interior de sua caverna malcheirosa e trancaram Wartje atrás das grades de uma alcova secundária. A raposa foi cruelmente acorrentada. 'Agora você vai forjar ouro para nós', os trolls disseram a Wartje. 'Nunca vamos libertar você.'

"Todos os dias, empurravam uma pepita de ouro por entre as grades e ordenavam:

"'Faça um anel, um bracelete e um colar. Não vai comer enquanto não terminar.'

"A pobre raposa que seguia acorrentada, se não era chutada em vez de alimentada, recebia apenas um osso velho. Wartje, por sua vez, acatava às ordens enquanto não encontrava um jeito de escapar, muito preocupado com a amiga naquelas condições.

"Os trolls usavam os anéis, braceletes e colares nos dedos de salsicha, em seus braços deformados e nos pescoços grossos. Dançavam muito na caverna imunda — o que os faziam suar em demasia, deixando o lugar ainda mais fedido que de costume.

"Depois de duas semanas, quando Wartje não voltou, sua esposa, Lisa, começou a se preocupar.

Era comum dele ficar fora de casa, mas nunca por tanto tempo. Uma noite, reunindo toda a coragem, saiu para procurá-lo. Perguntou a todos os animais que encontrou se tinham notícias de seu marido, mas nenhum sabia de nada.
Por fim, ao pé das montanhas, Lisa encontrou um rato que tinha fugido da caverna troll onde Wartje era prisioneiro; o mau cheiro era forte demais até para ele.

"'Nunca vai tirá-lo de lá', afirmou o rato. 'Vão pegar você também, mas, caso queira se arriscar, sei que eles guardam a chave da alcova secundária na terceira fresta da parede ao lado da lareira. Na porta principal, só tem uma tranca, mas é alta demais para você alcançar.'

"Naquela noite, muito determinada a resgatar o marido e a raposa amiga, Lisa traçou um plano. Reuniu algumas panelas, uns ovos podres, feijões e esterco do diabo (assa-fétida) — uma resina de borracha de odor terrível que os trolls (como é de se imaginar) adoram, mas quase nunca a obtêm, dado que a árvore que a produz cresce na distante Pérsia.

"Lisa então se disfarçou de feiticeira, usando um chapéu pontudo para esconder a touca, além de uma túnica preta. Acendeu uma fogueira sobre uma pedra plana não muito distante da caverna troll e começou a preparar seu caldo. Em pouco tempo, o cheiro repugnante foi levado até a caverna e os trolls, e, enfeitiçados pelo próprio olfato, alguns deles saíram em busca da origem do "adorável aroma".

"'O que está acontecendo aqui?', perguntaram desconfiados, com medo da feiticeira.

"'Nada de mais, nobres senhores', respondeu Lisa. 'Sou uma pobre feiticeira e estou preparando minha refeição.'

"'Hum', os trolls resmungaram invejosos. 'O cheiro é delicioso.'

"'Gostariam de experimentar um pouco?' Lisa perguntou. 'Mas só um pouco', frisou. 'Isto é tudo que tenho.'

"Os trolls provaram um bocado do caldo e, criaturas grotescas que eram, declararam que nunca tinham comido nada tão delicioso.

"'Vejo que gostam dessa comida simples', disse a gnomo valente. 'Por acaso, estarei aqui amanhã. Voltem com toda a família e cozinharei para todos. Quantos de vocês devo esperar?'

"'Cinco', responderam, mais estúpidos que de costume — não conseguiam pensar em nada que não fosse o sabor celestial na boca.

"'Muito bem. Venham um pouco antes do pôr do sol. Não precisam acender seu fogo, prepararei comida suficiente para três dias, mas não estarei aqui, tenho negócios a resolver na vizinhança.'

“Na noite seguinte, os trolls encontraram cinco porções de ovos, feijões e esterco do diabo em uma panela enorme, o suficiente para os próximos três dias, como prometido pela suposta feiticeira.

“Enquanto eles se empanturravam, a pequenina escalou a chaminé acoplada à caverna e por ali desceu. Por sorte, os trolls preguiçosos realmente haviam deixado o fogo apagado como ela instruíra. Lisa então correu para a terceira fenda na parede, pegou a chave e libertou Wartje, que rapidamente desacorrentou a raposa. Montado nas costas do animal, tirou a tranca da porta principal.

“Partiram o mais rápido possível, mas não conseguiram manter a velocidade: a raposa estava enferrujada e fraca de fome depois de passar tanto tempo presa. Lisa, no entanto, elaborara um plano perfeito: fez bem em confiar na gulodice dos trolls — depois de comer as cinco porções, devoraram o que deveria durar por mais duas noites.

“Quando os trolls voltaram para casa, arrotando alto, viram o que tinha acontecido e praguejaram muito contra Wartje, mas estavam com as barrigas tão cheias, que não conseguiam se mover; apenas caíram no chão e dormiram.

“E agora vocês vão para a cama”, Imp disse às filhas.

As meninas gnomo logo estavam dormindo em sua aconchegante cama embutida. Um pouco mais tarde, a mãe descobriu que haviam levado um rato do campo e o devolveu ao cesto.

As pesadas raízes de carvalho que cercavam a casa tremiam suavemente quando o vento gelado sacudia os galhos lá no alto. Lá embaixo, na sólida residência dos gnomos, como deve ser, havia calor e segurança — especialmente contra os trolls!

A Música dos Gnomos

Todo baú de enxoval de um gnomo contém uma caixa de música que começa a tocar quando ele é aberto. Essas caixas de música são muito valorizadas e feitas de madeira da melhor qualidade, com os mais refinados mecanismos de molas de aço. Na maioria das casas, a melodia da caixa de música é baseada no poema heroico sobre o lendário gnomo sueco Thym, que viveu entre 1300 e 1700.

A Canção do Troll

1. O velho Pimple é um troll assustador que roubou
4. Quando Pimple agarrava algo, sua mão em madeira se transformou;

2. Ele roubou uma criança de Uppsala, e comemorava, tralálá.
5. Ele levou a criança para Uppsala e comemorava, tralálá.

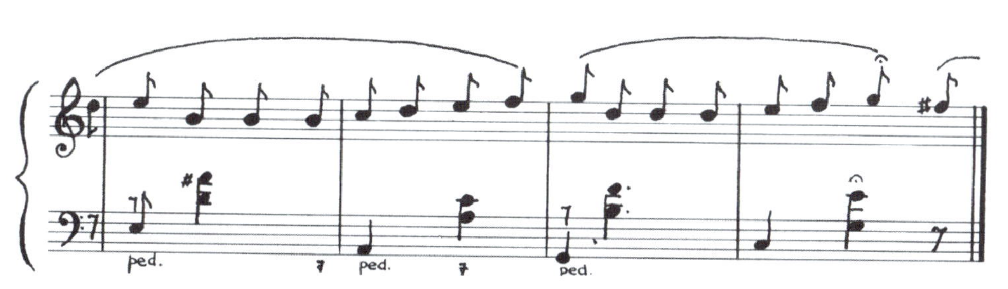

3. Então o bom gnomo Thym entrou em cena, e estrume do diabo pelo ouro ele trocou.

Quando um gnomo vai ao banheiro, ele não tranca a porta: para indicar que alguém está usando o cômodo, uma caixa de música toca — desencadeada por uma maçaneta secreta quando se entra no aposento. As palavras da canção não são cantadas, mas todos as conhecem. Em muitas residências dos pequeninos, a letra da canção fica pendurada ao lado da porta do banheiro e a melodia é muitas vezes cantarolada por membros da família enquanto esperam.

Enquanto a caixa de música toca e o gnomo faz suas necessidades, é comum que este dedique seu tempo a algo útil. Por isso, ao longo dos anos, muitos objetos artísticos foram feitos, como retratos entalhados, brinquedos e utensílios domésticos elegantes.

Não Perturbe

Uma Conversa com Tomte Haroldson

Estávamos trabalhando nos últimos capítulos, fazendo revisões e anotações. Um dos gnomos com quem falamos frequentemente durante a pesquisa para este livro foi Tomte Haroldson, no momento com 379 anos. Ele mora nos campos de linhaça perto de Amersfoort, na Holanda.

Em uma noite fria, por volta da meia-noite, Tomte chegou de surpresa, coisa que nunca tinha feito antes. Todas as portas e janelas estavam fechadas contra o tempo inclemente, mas isso, é claro, não o deteve.

O pequenino nos cumprimentou muito calmo e agindo de maneira amistosa, mas distraída, como sempre. Aparentemente, sabia que nosso trabalho estava quase concluído e queria satisfazer sua curiosidade, o que nos deixou muito contentes. Sentou-se à mesa do estúdio e lhe servimos uma caneca de bolota com vinho de fruta e uma casca de noz cortada em três pedaços. Sem pressa, Tomte bebeu um gole, girou a caneca entre os dedos com ar pensativo, olhou em volta e enfim perguntou:

"Como está indo o livro?"

"Muito bem", respondemos animados. "Estamos quase terminando."

"Exatamente como queriam?"

"Bem, sempre se pode melhorar", reconhecemos com modéstia (sem acreditar mesmo nisso).

"Então acham que está tudo certo assim?"

"Acreditamos que sim, por que não acharíamos?"

"Então posso ver como ficou?"

Prontamente, é claro, pusemos uma pilha de desenhos e textos à sua frente, aguardando sem afã para que visse tudo, desde o início. Tomte olhou página por página sem dizer nada. Vez ou outra, enquanto mastigava sua casca de noz-moscada, estudava um desenho ou um trecho mais demoradamente — o que nos fazia olhar um para o outro com certo receio estampado em nossos rostos. Seu silêncio nos preocupava tanto, que nos olhávamos contrariados com mais e mais frequência.

Terminou sua análise à 1h30 da manhã. Não abriu a boca desde a primeira página, exceto para comer. Nossa insegurança crescia. Reinava um silêncio sepulcral.

Tomte ergueu sua caneca e nós nos apressamos para enchê-la. Observou o vinho de fruta, cheirou a bebida, depois apontou para a pilha de páginas e perguntou: "Isso é livro inteiro?".

"Bem, não, nem tudo", logo replicamos. "Ainda temos que fazer uma mudança e uns acréscimos aqui e ali, mas, no geral, achamos que cobrimos praticamente tudo."

O pequenino olhou para cada um de nós. Seu olhar era profundo e penetrante, como se houvesse uma terra distante à vista (os gnomos muitas vezes têm essa qualidade).

"Devo entender que a vida e os feitos de meu povo foram, pela primeira vez na história, registrados neste livro?"

"Bem, sim... mais ou menos", dissemos. O gnomo tinha um ar de autoridade e sabedoria impressionante, mesmo que sentado o tempo todo (mais um atributo da espécie).

Tomte assentiu e bebeu o vinho em um só gole.

"Então, isso é tudo que temos a contar a vocês...", disse, olhando com ar sonhador para a escuridão além da janela. "Eu esperava que compartilhassem mais."

"Como assim, 'mais'? Mais o quê?", perguntamos nervosos. A animação tinha nos deixado fazia tempo. Tomte também não parecia muito feliz.

Trollen
olen

Ele uniu as mãos entre os joelhos e disse sem olhar para nós: "É tudo muito encantador... ilustrações lindas, boas histórias, mas alguma coisa foi omitida, algo fundamental não foi reconhecido. E seria demais para nós, gnomos, se isso não estivesse em um livro como esse. Só um minuto, quero mostrar uma coisa a vocês".

De repente, saltou para o chão, saiu correndo e voltou alguns minutos depois portando um livro de capa de couro.

"O livro da minha família", disse casualmente. "Eu o deixei escondido lá fora."

E sentou-se sobre a mesa outra vez, colocando os óculos e abrindo o livro em uma página central.

"Não escrevemos só sobre assuntos de família", explicou, piscando um olho. "Se usar essa lente de aumento, vai conseguir ler. Escrevi no seu idioma."

Tomte recobrou a seriedade e apontou uma data no alto de uma das páginas.

"Vou citar só alguns exemplos. Primeiro ponto: distribuição da população. Reconhecem esta data?"

Assentimos em silêncio. Foi o ano em que começamos os estudos sobre os gnomos, convencidos de que os observávamos sem o seu conhecimento. O gnomo então abriu em uma página dupla com o mapa de uma das nossas províncias holandesas. Nele, todas as nossas cabanas de observação camufladas e nossos esconderijos estavam marcados com clareza e numerados.

Tomte olhou para nós por cima dos óculos.

"Ou havia mais?"

"Não."

Foi há muito tempo, mas nos lembrávamos como se tivesse sido ontem.

"Vejam", disse. "Aqui está. Naquele ano, fomos espionados 312 vezes."

Estávamos perplexos.

"E vocês achavam que não sabíamos? Queridos amigos, com esses pés grandes, vocês nunca conseguiriam pisar o mundo secreto de alguém sem serem notados. Ouvíamos até suas risadinhas."

Virou mais algumas páginas, mas não era necessário. Não os tínhamos capturado. *Fomos* capturados. Constrangedor.

"Muito bem", concedemos derrotados. "Isso foi no início. E nos deixaram ver só o que vocês queriam que víssemos. Mas, e depois, não nos deixaram ver à vontade?"

Tomte riu um pouco acanhado.

"É por isso que estou aqui hoje. Agora chegamos ao segundo ponto: a decepção. Estávamos acompanhando vocês e sabíamos quais aspectos de nossa vida estavam investigando: a inteligência, a fofura, as inovações técnicas, o humor... Isso não poderia nos causar mal algum. Além do mais, vocês tinham boas intenções, por isso aceitamos tudo. Se eles querem tanto retratar nossa camada externa, dissemos uns aos outros, vamos fingir que colaboramos. Talvez, mais tarde, tenham a sagacidade de ir mais fundo nisso."

Começamos a entender o que ele queria dizer. De fato, prestamos atenção principalmente às superficialidades. Tomte riu de novo.

"Mas não podia continuar desse jeito, ou melhor, acabar desse jeito. Vocês dois se tornaram muito queridos para permitirmos que fosse assim. Estou aqui justamente para cuidar disso. Na verdade, fui enviado, devo dizer."

Seguiu-se um longo silêncio. Longo o suficiente para entendermos que, por conta de nossa autocomplacência, tínhamos apenas arranhado a superfície em nosso estudo sobre a fascinante espécie.

"Achamos que seria uma pena se vocês mandassem o livro para a editora sem antes termos uma conversa. Com isso, chegamos ao terceiro ponto: o equilíbrio. Vou começar assim. Todos nós viemos do universo e da terra. Curioso sua gente costumar dizer: 'do pó viemos, ao pó voltaremos!'. Evidentemente todos retornaremos ao universo e à terra. Nós permanecemos fiéis às nossas origens, vocês, no entanto, não. Nossa relação com a terra se baseia em harmonia; a de vocês, em abuso. De matéria viva e morta."

"Nem todo mundo faz isso", protestamos.

"Felizmente, não. Mas a humanidade como um todo deixa um rastro de destruição e exploração."

"Os gnomos nunca prejudicam o equilíbrio natural?", perguntamos mais curiosos que ofendidos.

"Não. O homem corre sem limite pelo mundo de hoje e vive quase sempre à custa da natureza. O gnomo encontrou paz no mundo de ontem e se contenta com o que ele tem a oferecer. Isso é imutável, da mesma forma que o salmão não mudará: há milhares de anos nada do meio do oceano para os rios onde se reproduzem. Nem a abelha, que encontra bom pólen e executa uma dança ancestral para chamar outras abelhas. Até o pombo que sempre encontra seu destino mesmo a milhares de quilômetros de distância seguirá fiel à própria natureza…"

"Isso tem a ver mais com instinto. Não estamos nos afastando um pouco do assunto?"

"De jeito nenhum. Vamos ao quarto ponto: *nós* temos instinto e intelecto devidamente equilibrados. Já vocês subordinaram o instinto ao intelecto."

"Mas somos apenas humanos. Nossa mente naturalmente assume o comando… é assim que fomos criados. O instinto não oferece segurança suficiente."

"Ele só oferece pouca segurança se você o aprisiona em uma redoma de vidro", explicou o gnomo, pedindo um pouco mais de vinho na sequência.

"Mas os seres humanos anseiam pela restauração da natureza, como ela era em sua antiga glória."

"E é por isso que temos que agir de acordo com três propósitos: a restauração do instinto, a restauração do equilíbrio na natureza e menos disputa pelo poder."

"Por que está falando disso?"

"Porque todos os males na terra se originam da sede de poder. Sei que entendem isso tão bem quanto eu."

"Os gnomos nunca disputam o poder?"

"Não. Banimos todo o poder político."

"É evidente que isso é muito mais fácil de fazer em uma sociedade de gnomos, onde não há problema de população."

"Superpopulação é algo que vocês precisam conseguir superar. Nós conseguimos."

"Tudo isso faz parte da perfeita harmonia alcançada pelos gnomos?"

"Sim."

Aqui chegamos a um impasse em nossa discussão. Sem dúvida, o mundo deles é harmonioso e estável; tem quem ache até monótono. Mas imagine se deparar com um conjunto de animais de chifres colossais na cabeça enquanto caminha por uma trilha deserta perto da floresta: essa é uma cena que não mudou durante os anos, mas todo mundo desejaria revê-la.

Com as mãos unidas atrás das costas, Tomte andava de um lado para o outro em cima da mesa. "Quinto ponto: não pensem que desprezamos a civilização humana, embora a natureza tenha que pagar caro por ela. Nem que não conseguimos reconhecer seus pontos positivos. Mas existe, sim, uma enorme distância entre o que vocês entendem como progresso e a nossa percepção sobre isso. Quando vemos as asneiras que vocês cometem, só conseguimos balançar a cabeça sem entender. Reuni alguns exemplos disso."

Pegou o livro novamente, virou algumas páginas, mas logo o fechou, guardando os óculos na bolsinha presa em seu cinto.

"Já é muito tarde", disse Tomte. "Tenho algumas coisas para fazer antes do nascer do sol. Volto amanhã às 22h30." E apontou para nós com alegria. "Olhem só para vocês dois, só sentados aí. É claro que não vão desanimar, não é?"

Bateu com um dedo no manuscrito.

"Não temam. Será um livro magnífico. Se não for, pode-se sempre dar um jeito. Aliás, vocês podem me contentar acrescentando um capítulo: 'Por que os gnomos balançam a cabeça'."

E desapareceu.

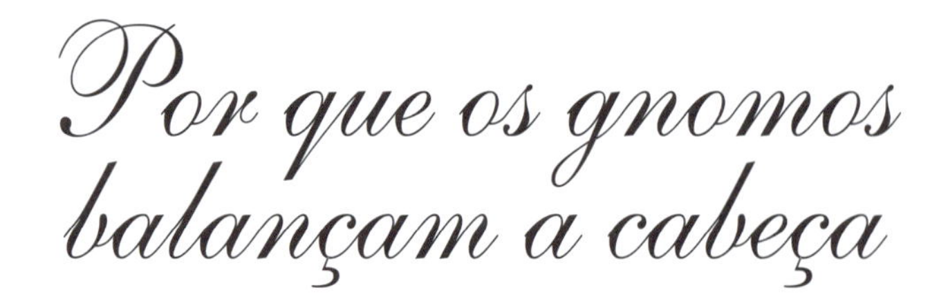

Por que os gnomos balançam a cabeça

"Embora exista uma grande distância entre sua ideia de progresso e a nossa", Tomte retomou na noite seguinte, sentado em uma poltrona de boneca com o livro sobre o joelho, "acompanhamos a concepção de vocês de longe. Vejam o exemplo de Rembrandt van Rijn. Meu irmão Olie o conheceu muito bem. Olie morava embaixo de um velho limoeiro perto da casa do pintor, bem ao lado de um canal em Amsterdã. Passou noites incontáveis em um canto escuro, desenhando com o mestre.

"Muitas vezes balançava a cabeça, espantado e triste com a estupidez e a mente limitada dos humanos que encomendavam suas pinturas. Rembrandt sofria diversos abusos de seus clientes e só restava a Olie se compadecer pela horrível pobreza que o pintor suportou no fim da vida. Meu irmão testemunhou o famoso quadro *A Ronda Noturna* sendo criado pincelada a pincelada — uma obra-prima muito admirada atualmente. Quando mais tarde foi transferida para a sede do município, depois da morte de Rembrandt, foi balançando a cabeça e com dor no coração que Olie viu a pintura ser cortada para passar pela porta.

"Acham que não sabemos o que vocês, humanos, fizeram com o bom dr. Semmelweis em 1865? Tínhamos um conhecimento centenário, alheio até então por sua espécie: o parto de um bebê deve ser feito com as mãos limpas, para que nem mãe nem criança morram infectadas. Semmelweis, pioneiro na assepsia, foi levado à morte por seus retrógrados adversários — inclusive colegas de profissão."

Tomte empurrou os óculos em direção à testa e olhou para nós.

"Era isso que eu queria dizer ontem à noite."

"Bem, sim, mas também sabemos disso. As mais incríveis idiotices aconteceram ao longo da história. Nós também balançamos a cabeça para isso."

O gnomo amigo recolocou os óculos e virou mais algumas páginas.

"Aparentemente, a dificuldade é que os humanos não reconhecem a grandeza de um de seus pares enquanto ele está vivo, ainda mais se for um artista."

"Mas isso acontece porque alguns artistas criam obras para as quais os contemporâneos ainda não estão preparados. Bem... com exceção de um pequeno círculo de devotos. Em geral, o reconhecimento chega apenas depois de uma ou duas gerações."

"E, até lá, o artista morreu, foi esquecido. Pense em um de seus compositores mais famosos. Ouvi falar dele em primeira mão através de Timme Friedel, um gnomo pequenino e sonhador que deixou Viena em 1791, totalmente desesperançoso. Hoje, felizmente, mora tranquilo em uma casa de pedra no campo. Vejam bem, nós, gnomos, podemos não ter um Mozart, mas certamente teríamos oferecido um meio de vida mais digno neste mundo a um homem de tantos talentos.

"As conversas entre Mozart e Timme foram escritas em um pequeno livro que seus historiadores teriam dado a vida para obtê-lo. Timme sempre soube como ajudar Mozart a sair de uma indisposição sombria. Só precisava pedir por uma aula de violino que o mestre ria feito uma criança. Depois passava horas ensinando à Timme.

"Como esperado, dado uma amizade tão querida, foi com lágrimas nos olhos que o dedicado Timme desafiou até a luz do dia, a neve e a chuva para seguir o minguado cortejo fúnebre de Mozart (que custou 11 florins e 56 centavos) em 6 de dezembro de 1791. Todos abandonaram o cortejo no portão do cemitério por causa do mau tempo. Timme foi o único que prosseguiu. Balançando a cabeça, viu o coveiro literalmente jogar o caixão em uma vala comum e correr para se abrigar."

Tomte fechou o livro, mas manteve um dedo entre as páginas.

"Não conseguimos entender", disse.

E abriu o livro na página seguinte.

"O que vocês fizeram com plantas e animais também é indescritível. Reconheço que o desaparecimento do alce, do urso-pardo e do lobo desta região tem a ver com as mudanças climáticas, mas o extermínio do castor foi imperdoável e de responsabilidade humana. O último castor foi morto em 1827 em Zalk, ao lado de Zuider Zee. Perdemos para sempre um amigo querido com quem mantínhamos as mais cordiais relações, e que fornecia voluntariamente um tipo muito especial de gordura. E se vocês, com seu tráfego e seus venenos, matarem os últimos espécimes do sapo verde e do sapo-de-barriga-de-fogo, não será somente uma questão de mais animais deixando de existir.

"Não. Profundas interferências no equilíbrio natural das coisas vão desencadear anos de trabalho extra para nós. Sem mencionar o prejuízo que seus venenos nos causam. E nem comentar o estado miserável das aves de rapina ou seus ovos inférteis. Vocês, humanos, tornaram-se inimigos da natureza.

"Repare: das 1300 espécies de plantas, 700 estão em perigo; a suculenta está quase extinta. Não vou nem mencionar o salmão, o esturjão ou o sável, todos peixes de rio que desaparecem de suas respectivas regiões. Três quartos de seu povo não sabem que eles sequer existiram. Vocês podem fingir que são senhores e mestres da criação, é claro, mas isso não é motivo nem autorização para se comportarem como feras. Embora eu realmente ache que uma fera se comporta com menos frieza."

“Escute, Tomte, nós dois estamos totalmente de acordo com você.”

“Eu sei, eu sei. Não posso reclamar e desabafar um pouco? Querem ouvir sobre outro hábito repulsivo? Acredito que é praticado por pessoas que saem de férias, como vocês dizem. De forma cruel, jogam gatos e cachorros para fora do carro, abandonando-os nas florestas. Vocês precisavam ver os pobres coitados, como sofrem e ficam famintos. Um ou dois sobrevivem e se tornam predadores, colocando a todos em perigo.”

Damos de ombros e respondemos:

“De fato, são canalhas que nunca deveriam ter tido permissão para manter animais de estimação, mas, infelizmente, há pouco que se possa fazer quanto a isso.”

Tomte assentiu, abriu o livro novamente e virou as páginas restantes.

“Tem muito mais aqui sobre a destruição do nosso bom e belo mundo, mas devemos parar agora, senão isso vai ficar monótono. Só mais uma coisa, no entanto, porque isso nos incomoda muito: parem com as guerras. Só no meu tempo de vida, não houve 25 anos sem uma guerra acontecendo em algum lugar do mundo.

“Bem, é isso. Eu disse o que tinha para dizer. Agora vamos dar uma caminhada. Quero recompensá-los pelos anos de esforço.”

Do lado de fora, a lua cheia flutuava um palmo acima do horizonte. As copas das árvores se destacavam contra o céu sem nuvens. A noite era quieta, exceto pelo ruído distante de um trem. O clima era ameno, muito agradável, a primavera já pairava no ar.

Entramos em uma trilha rumo ao sudoeste e, apesar de conhecermos bem a área, depois de uns

cinco minutos caminhando não sabíamos mais onde estávamos. Apenas seguíamos Tomte, que nos guiava com passos seguros.

Andamos por uma hora? Duas? Vinte e quatro? Não conseguimos lembrar. Não parecia ser um passeio planejado, mas uma expedição predestinada.

O tempo parou e a natureza nos envolveu como um mar morno. Não tínhamos peso nem idade; sabíamos tudo o que havia sido esquecido. Tomte gentilmente nos dotou com qualidades de gnomo por uma única noite.

Encontramos uma raposa. Ela ficou parada e nos farejou curiosa e destemida. Uma corsa prenha aceitou que a afagássemos entre as orelhas e tocássemos seu pelo grosso de inverno. Uma lebre nos mostrou orgulhosa sua primeira ninhada do ano. Coelhos continuaram brincando em nossa presença. Conversamos com um javali e uma marta.

Fomos interrogados por uma coruja. Vimos duas lontras brincando sem parar. Ouvimos as árvores respirando, os arbustos sussurrando, o murmúrio do musgo; ouvimos os contos secretos de séculos passados. Derretemos em cada célula viva na terra, reconhecemos todas as dimensões. Nossa alma foi agraciada com equilíbrio e paz.

Quando a lua começou a clarear, concluímos uma jornada insondável por uma dimensão desconhecida.

Tomte levantou a mão. Ficamos parados, enquanto o pequenino seguia seu caminho encosta acima.

"Se permanecerem fiéis a ela, é assim que a natureza pode ser. Desejo a vocês tudo de bom. *Slitzweitz*."

Subiu a colina sozinho. Percebemos quão tristes estávamos ao observá-lo se afastando. Ao lado de um velho pinheiro, enfim virou-se para trás, levantou a mão mais uma vez — em definitiva despedida — e balançou a cabeça de leve. Com um sorriso no rosto pequenino, desapareceu além da colina.

Toda conexão estabelecida naquela noite desapareceu como a música tocada por um gramofone que se quebra de repente. Éramos novamente meros mortais. O dia nascia, o sol logo surgiria. Naquele momento, vimos onde estávamos: no campo de linhaça, a não mais do que meia hora longe de casa.

Nós acreditamos.

Wil Huygen

Foi um médico e escritor, famoso por seus livros sobre gnomos. Em virtude de sua dedicação à medicina, nutria grande apreço pelo realismo e pela autenticidade.

Rien Poortvliet

Foi um ilustrador, artista e pintor, conhecido por seus belos desenhos da natureza. Junto a Wil Huygen criou o encantador livro *Gnomos*.

Gnomos

MAGICAE
DARKSIDE